D1150199

Une question de chance

DU MÊME AUTEUR

Autobiographies

J'AI QUINZE ANS ET JE NE VEUX PAS MOURIR (Grand Prix Vérité, 1954), suivi de : IL N'EST PAS SI FACILE DE VIVRE, Fayard.

JEUX DE MÉMOIRE, Fayard.

Romans

LE CARDINAL PRISONNIER, Julliard.

LA SAISON DES AMÉRICAINS, Julliard.

LE JARDIN NOIR (Prix des Quatre-Jurys), Julliard.

JOUER À L'ÉTÉ, Julliard.

AVIVA, Flammarion.

CHICHE !, Flammarion.

UN TYPE MERVEILLEUX, Flammarion.

J'AIME LA VIE, Grasset.

LE BONHEUR D'UNE MANIÈRE OU D'UNE AUTRE, Grasset.

TOUTES LES CHANCES PLUS UNE (Prix Interallié), Grasset.

UN PARADIS SUR MESURE, Grasset.

L'AMI DE LA FAMILLE, Grasset.

LES TROUBLE-FÊTE, Grasset.

VENT AFRICAIN (Prix des Maisons de la Presse), Grasset.

VOYAGE DE NOCES, Plon.

Recueil de nouvelles

LE CAVALIER MONGOL (Grand Prix de la Nouvelle de l'Académie française), Flammarion.

Lettre ouverte

LETTRE OUVERTE AUX ROIS NUS, Albin Michel.

Christine Arnothy

Une question de chance

PLON
76, rue Bonaparte
PARIS

Les personnages de ce roman, comme leur nom ou leur caractère, sont purement imaginaires et leur identité ou leur ressemblance avec tout être réel, vivant ou mort, ne pourrait être qu'une coïncidence non voulue ni envisagée par l'auteur.

*A tous les hommes et femmes
qui sont, ou se sentent, seuls.*

Pour Claude.

*Merci, avec tout mon amour,
à mon fils François
qui m'a encouragée à écrire
ce livre et à ne pas l'abandonner.*

Chapitre Premier

Elle dessinait. C'était son métier, sa vocation. Veuve, otage du souvenir de l'homme qu'elle avait aimé, elle évitait les réceptions mondaines, même les réunions en petit comité. On l'invitait par curiosité. De quelle manière supportait-elle son chagrin ? Quelle était sa méthode ? Avait-elle imperméabilisé ses yeux pour camoufler les montées de larmes ? Sur le plan professionnel, elle était habile et patiente, inattaquable. Son patron, qui dirigeait un empire de la haute couture, aimait bien cette femme à l'imagination débordante, forcenée de travail. Elle créait des modes qui traversaient les frontières, les croyances, et gommaient l'âge.

Elle représentait à l'étranger le grand couturier dont elle était le joker. Parfois, elle concevait elle-même les éléments essentiels des contrats, et quelques-uns de ses modèles portaient sa propre griffe, par autorisation spéciale du patron. Elle rêvait d'avoir un jour sa maison de couture.

L'époque était difficile et les financiers croyaient de moins en moins à une maison de haute couture lancée sans un pedigree prestigieux. Mais ses initiales – N.A. pour Nora Abram – brodées sur certaines de ses créations la rassuraient. Les deux lettres se cachaient parfois dans les plis d'une jupe, ou elle les plaçait, côté épaule, sur un chemisier transparent, à peine plus visibles qu'un tatouage léger sur l'épiderme du mannequin.

Depuis la mort de son mari, elle vivait seule. Aucun animal dans sa vie, même pas un homme. Puis quelques incidents la firent réagir et l'amenèrent, un jour, à prendre une décision. Dans un restaurant chic, on lui avait proposé une mauvaise table, près du service. « Une table pour une personne », avait mentionné le maître d'hôtel. Une autre fois, lors d'un séjour dans un établissement de grand luxe, on lui avait attribué une chambre dont l'unique fenêtre s'ouvrait sur le parking. Pour échapper à la pression sociale et aux détestables attitudes qu'adoptent la plupart des gens vis-à-vis des solitaires, il lui fallait un homme de compagnie, un homme décor, un surmené comme elle, un homme bouclier. Elle se mit donc à explorer la Planète des Hommes. Elle exigeait du lauréat une juste dose de propreté morale, des manières agréables et de la culture. Ethnologue d'occasion, sensuelle par réflexe, elle attirait de nombreux amateurs. En général, les femmes – même si elles le nient – n'ont qu'un but : se marier. Elle, à force d'être différente et dépourvue d'intentions conventionnelles, elle fascinait. Mais, au bout de quelques mois d'investigations, elle accepta l'évidence : la richesse supposée de son âme n'intéressait guère ses interlocuteurs.

Alors que sa beauté était faite d'intelligence et de charme, les mâles la souhaitaient silencieuse. Ses boutades et son humour les avaient plusieurs fois effarouchés. Si elle voulait les revoir, il fallait les ménager. Ils adoraient les compliments et réagissaient hargneusement à la moindre observation critique.

Ses expériences lui apprirent bientôt qu'en dehors du poids présumé de leur cerveau, les hommes n'étaient vraiment différents les uns des autres que par la forme de leur sexe. A part ce détail physique, ils entraient dans le même schéma, ils éprouvaient les mêmes désirs, ils souffraient des mêmes nostalgies, ils se plaignaient des mêmes bobos. Elle cadenassait ses lèvres d'un sourire. Il fallait se taire si elle voulait les garder, ne fût-ce que pour un temps d'essai. Eux ne s'intéressaient qu'à son corps élancé, à ses hanches étroites, à ses jambes longues, à ses yeux noirs. Ses plaisanteries subtiles énervaient. Les hommes, il fallait les prendre au sérieux. Sinon ils disparaissaient.

Puisqu'on la considérait comme une femme

libre – dans le sens le plus stupide du mot –, on lui prodiguait peu de tendresse. On est tendre avec une épouse légitime parce qu'on a peur des disputes et des scènes, mais avec une maîtresse ? Par surcroît, une femme forte ? A quoi bon ? Elle jugea les hommes vaniteux, égoïstes et terrifiés par la seule idée d'une éventuelle responsabilité. Elle, depuis son adolescence, elle connaissait les douceurs et les morsures de la vie. A vingt ans, elle avait rencontré un homme de quarante-cinq ans : son mari. Le cancer veillait pour qu'elle ne reste pas heureuse trop longtemps. On se guérit difficilement de quinze ans de bonheur complet. Depuis, elle n'avait pas cessé d'analyser sa passion de jadis. Un grand amour n'est-il pas un redoutable piège ? Avoir été parfaitement heureux pour ne l'être plus jamais, n'est-ce pas un prix trop élevé ?

Lors de ses errances, comme un oiseau migrateur qui se pose sur le sommet des vagues, elle attendait l'homme sinon idéal, du moins supportable. Elle les choisissait comme un explorateur des taches encore blanches sur les cartes de géographie. C'était pour ne pas succomber, par peur de la solitude, à un type médiocre qu'elle avait appris à vivre seule comme un acacia au milieu de la savane.

Au fur et à mesure de ses expériences éphémères, peu à peu, elle se fit une raison : elle renonça à rencontrer l'homme avec qui on partage l'âme aussi. Elle espérait un lien vertical, les hommes ne l'imaginaient, elle, qu'horizontale. Une fois, une personnalité politique connue avait passé la nuit chez elle. Emporté par un délire verbal, il avait occupé la soirée à énumérer ses fantasmes de réussite, ses projets. Au lit, il poursuivit son discours jusqu'à trois heures de la nuit. Tôt le matin, elle lui prépara un café, dans sa cuisine, un laboratoire tout en métal muni de fermetures magnétiques.

Tout doucement, elle prononça :

— J'aimerais vous dire...

Maussade, il grignotait une biscotte ; il mangeait debout, comme un cheval.

— Il ne faut pas me parler. Aujourd'hui, c'est mercredi, Conseil des ministres. J'ai besoin de me concentrer.

— Je voulais juste attirer votre attention...

— Non, merci. Contentez-vous d'être belle ! De grâce, ne m'expliquez rien.

Il jeta un coup d'œil dans son agenda.

— Je suis libre lundi prochain.

— Il y a un problème urgent plus important que les autres, très actuel. Si vous pouviez...

— Pas ça, mon trésor. Pas ça. Dessinez, faites de jolies robes... Ça suffit, je vous jure.

Après son départ, elle prit un long bain et, la peau encore un peu humide, elle se mit à sa table de travail. C'est ce matin-là qu'elle conçut la mode samouraï. Des épées à lame affinée, meurtrières, peintes sur des soies lourdes. Des tissus chatoyants recouverts d'armes stylisées, surtout des couteaux. La mode samouraï s'était fait applaudir ; un an plus tard, les Japonais en raffolaient.

Ce même matin, elle avait mal à l'épaule. L'homme politique l'avait mordue. En se remémorant l'instant où il avait marmonné : « Je suis un vrai fauve », elle décida d'en terminer avec les collectionneurs de femmes, de peur de se transformer en collectionneuse. Elle changea de comportement : plus aucune indulgence pour ceux qu'elle voyait maintenant davantage en adversaires qu'en objets de conquête. D'ailleurs, ils ne manquaient pas : son prestige ne cessait d'attirer les épidermiquement sensibles aux honneurs et à la réussite. Se montrer à ses côtés constituait une promotion. Elle aurait pu être biologiste, chimiste, agrégée de droit, elle serait restée à leurs yeux une femme disponible.

Comme tous les gens qui, dans une certaine société de consommation, fréquentent le même circuit d'argent et de réceptions, gavés d'honneurs et de friandises intellectuelles, elle aurait pu rencontrer Gérard Martin, un autre errant. Le problème central de ces deux vies était le même : une rencontre. Le hasard pouvait les aider ou, narquois, les garder éloignées l'une de l'autre à jamais.

Chapitre II

Gérard Martin dirigeait le secteur africain d'une société multinationale d'exploitation pétrolière. Le siège social établi à New York lui confiait, par l'intermédiaire de la direction européenne, des missions commerciales variées. Il courait d'un pays africain à l'autre pour conclure des contrats. Négociateur redouté, toujours proche des dirigeants des pays sous-développés, il pratiquait l'art de déguiser des trocs internationaux en échanges commerciaux. On le félicitait après les signatures, les perdants avaient l'impression d'avoir gagné. Puis il se retrouvait dans les voitures officielles où, selon l'attitude des chauffeurs, il s'amusait à deviner leurs opinions politiques, soutenant leur regard reflété dans le rétroviseur. La plupart du temps, la région ou la ville qu'il parcourait se réduisait à l'espace visible entre l'épaule droite du chauffeur et la vitre du même côté. Aux aéroports, il attendait l'embarquement dans le salon d'honneur. Les hôtesses, aux sourires de crème glacée, l'accompagnaient vers les premières classes appropriées à son standing. A peine assis, il ôtait déjà ses chaussures et s'attaquait aux journaux que le steward lui apportait. Si le passager du siège voisin tentait d'engager une conversation, il le décourageait. Il avait l'art de casser les bavards.

Gérard Martin était de taille moyenne et d'un orgueil démesuré. Dès son adolescence, il avait voulu le pouvoir, sans s'intéresser, ou si peu, à la notion de bonheur. Heureux ou pas heureux, qu'importe. Il voulait la réussite, il l'obtenait au prix d'une lutte incessante. Il désirait être apprécié, indispensable à son entreprise. Sa vie privée ? Tête baissée, dans des tentatives aussi bâclées que ratées, il avançait d'un mariage à l'autre – il subissait le deuxième – en n'espérant même plus des mots tendres.

Il en avait assez des mots d'amour mécaniques prononcés par les call-girls de luxe qu'on lui offrait parfois en prime, après la signature d'un contrat important. On lui prodiguait des filles saines, des produits de « toute première qualité ». Il fonctionnait bien sur ces corps loués, sans jamais oublier les préservatifs : il n'avait aucune envie de mourir à cause d'un acte pratiqué machinalement, sans l'ombre d'un attachement.

Il n'était qu'un instrument humain au service d'une multinationale et dévoué à ses bénéfices.

Comme Nora. Gérard et Nora dépérissaient, la tête haute.

Ils s'étaient manqués de justesse un jour que Nora, en compagnie d'un photographe et de trois mannequins, partait pour le Cameroun préparer la mise en images de la mode d'été. Habituée à travailler sur un rythme extrême, elle pouvait penser à la fois printemps, été, automne et hiver, son imagination chevauchait les saisons. De la neige aux mers chaudes, elle était à son aise.

Gérard dirigeait au Cameroun une filiale de la grande compagnie IPC – International Petrol Company. Il habitait une belle maison où il organisait des réceptions fastueuses en l'honneur des Français ou des étrangers célèbres de passage.

Ce jour-là, Nora Abram, la styliste connue, était sur la liste des invités. Or, suite à l'explosion d'une station de pompage et de quelques foyers d'incendie qui s'allumaient ici et là autour de la résidence, la réception fut annulée. Le repérage terminé, Nora et son équipe étaient reparties le soir même pour Paris.

Gérard avait donc invité les employés de la société, leurs femmes, leurs enfants, au riche buffet. Il n'était même pas de mauvaise humeur, Gérard. Il savait d'expérience que les toits se réparent, que les feux s'éteignent et que les relations diplomatiques s'apaisent dès qu'il s'agit de vendre ou d'acheter. Du moment qu'on ne s'entre-tuait pas, il gardait son sang-froid.

17

Ni Nora ni Gérard ne songeaient à l'hypothèse que, peut-être, une autre personne au
monde cherchait la même chose de la même
manière : fuir la solitude. Et même s'ils avaient
imaginé l'existence de cet autre, comment le
découvrir ?

Nora taquinait l'idée d'adopter un chien et
résistait avec succès à la tentation. Faudrait-il
recréer un cadre de vie traditionnel pour que
l'animal ne souffre pas de ses absences ? On ne
déçoit pas un chien, qui ne boude pas, lui, quand
on ouvre la porte de chez soi à minuit seulement,
à une heure ou à deux heures. Son regard embué
d'émotion émeut, sa fidélité est à toute épreuve.
Il faut lui accorder un peu de temps. Le temps
de l'aimer.

Quelques années plus tôt, en proie à une crise
d'affection aiguë, elle avait cédé. Dans la vitrine
d'un magasin où on vendait chiots et oiseaux, un
bébé chien chinois poilu, tendre, le nez adorable-
ment aplati, attendait. Elle le prit sur-
le-champ. Elle allait le porter dans son sac en
bandoulière, de l'autre main elle tiendrait l'atta-
ché-case contenant ses documents et ses dessins.
En théorie, tout semblait simple. Ne lui avait-on
pas garanti que l'animal ne dépasserait pas les
quatre kilos ?

Le chien grandissait, il voyageait dans des sacs
de plus en plus confortables, dont la lanière
marquait de plus en plus durement l'épaule de

Nora. Les employés complices des compagnies aériennes, lors de l'enregistrement des bagages, s'apercevaient bien des efforts de l'élégante passagère qui tenait le sac un soupçon au-dessus du plateau de la balance. Le chien débordait de tous les côtés, ses poils coincés dans la fermeture Éclair. Nora fut bientôt obligée d'expédier l'animal dans une cage spéciale. Au débarquement, la bête ne voulait même plus accorder à Nora un regard. Il détestait le bruit des soutes et se trouvait déshonoré parmi les caisses. Le temps de le consoler, il fallait déjà repartir. L'image stéréotypée de la jolie femme élégante avec son chien minuscule s'effaça. Nora avait donné le chien chinois à l'une de ses collègues, directrice du secteur des bijoux fantaisie, qui avait un jardin et une vie casanière. Le chien était si heureux chez la dame que, quand Nora venait en visite, il partait en courant de peur d'être repris. Elle en souffrait. Dans ces moments-là, un chien fantôme traversait ses souvenirs, un chien mort dans un accident dont elle s'estimait responsable.

Le chien fantôme s'asseyait près de son lit et la regardait. Mal réveillée, elle essuyait ses larmes avec le dos de la main et préférait se lever, se préparer un café et dessiner.

A l'époque où elle était une femme heureuse, ce chien vivait à la maison de campagne. Elle le retrouvait lors des week-ends, elle marchait avec lui et lui promettait toujours de l'installer à

19

Paris. C'était un grand chien aimable, patient, un labrador pétri d'affection à l'égard de sa maîtresse.

Après la mort du mari, la maison de campagne avait été vendue. Nora devait y aller récupérer son chien. En pleurant, la gardienne lui avait appris qu'à l'occasion d'une visite des nouveaux propriétaires, le chien s'était échappé, sûrement à la recherche de Nora. Elle avait raconté que, d'après les gendarmes, le chien courait sur l'autoroute. En sens inverse. Une camionnette n'avait pas pu freiner à temps, le chien avait été tué sous les roues. Nora, obsédée par l'image du labrador qui la cherchait, se sentait coupable. L'idée qu'il ait pu se croire abandonné la meurtrissait. Ses nuits en étaient tourmentées. Sur son écran mental, le chien courait, elle voulait hurler pour l'arrêter. Muette, elle regardait le labrador se précipiter à la rencontre de sa mort.

*

Gérard n'aimait que les chevaux. Il aimait s'imaginer propriétaire d'un haras. Tôt le matin, ayant chaussé ses bottes, il irait à l'écurie, il sentirait l'odeur âcre des bêtes, leur flatterait l'encolure. Une femme sportive et souriante partagerait sa passion. Les portes-fenêtres de son bureau s'ouvriraient sur une prairie où gambaderaient les poulains aux jambes délicates. Un jour, il s'offrirait un demi-sang arabe rien que pour le contempler, émerveillé.

Le visage de Gérard trahissait les années passées dans des pays lointains. Mais il n'avait pas peur de vieillir tant il avait détesté sa jeunesse. Nora, de son côté, avait conclu un accord tacite avec le temps. Elle interdisait à ses collaborateurs de fêter ses anniversaires : à quoi bon commencer une autre année, applaudir et souffler des bougies lorsqu'on est seul ? Son corps mince et sa peau lisse résistaient. Disciplinée, tous les matins, et sur le même trajet, elle s'obligeait à vingt minutes juste de course. Elle s'entraînait dans un square proche, ignorant volontairement les gens qui promenaient leur chien.

Elle était issue d'une famille meurtrie par des événements mondiaux, lui d'un milieu broyé par l'Histoire. Tous les deux avaient acquis, au prix d'un travail parfois démesuré, une excellente situation. Nora se répétait qu'elle n'avait plus rien à attendre du destin, n'avait-elle pas tout eu ? Tout ce qu'une femme pouvait souhaiter ? Le bonheur absolu se paye à l'échéance. Elle payait. Gérard, de son côté, voulait se séparer en douceur de sa deuxième femme, une Japonaise fine et distinguée. Il cherchait la manière élégante de la quitter. La liberté obtenue, plus jamais il ne boirait de thé vert et ne consommerait de poisson cru.

*

Lors d'une présentation de modèles au profit d'une œuvre de charité – le parrainage d'enfants africains –, Nora surveillait d'un œil critique le défilé de ses créations inspirées par les félins. Dans les soies – peintes à la main – apparaissaient en filigrane les silhouettes longilignes des léopards. Sur la poitrine plate d'un mannequin éthiopien, on devinait le profil d'un lion. Une jeune femme masaï – nouvelle dans le métier, découverte à Nairobi –, dans un fourreau resserré aux chevilles, avançait sur le podium d'un pas prudent. Lorsqu'elle ouvrit les bras, comme si elle voulait embrasser l'univers, le haut des manches s'ouvrit en éventail : c'était la corolle d'un acacia. « Chaque femme est un continent, pensa Nora. Mais celle-là l'est un peu plus que les autres. »

Au moment de la quête – on collectait chèques ou argent – l'un des organisateurs présenta à Nora un Africain, professeur de géographie et géologue amateur. D'un air grave, il observait cette société blanche. Son âge ? Indéfinissable mais, vraisemblablement, au-delà de la quarantaine.

Posté près du buffet, il apprit à Nora qu'il avait travaillé sur une île perdue au milieu des océans furieux, près de l'Australie. Les caprices du destin l'avaient envoyé à Paris. Il s'exprimait avec une certaine difficulté, avançait en tâtonnant dans la langue française, parlait lentement. Nora avait éveillé sa curiosité. Pour quelle raison cette femme blanche s'intéressait-elle à l'Afrique ? Elle devinait les complexes de l'homme. Elle avait envie de lui dire : « Rassurez-vous, je ne suis pas non plus une Française de souche, comme on dit souvent. Je suis née d'une mère juive et d'un père inconscient, juif aussi. En 1943, ma mère est restée vivante par hasard. Le jour de la rafle du Vél'd'Hiv, elle se trouvait chez des amis. Elle était blonde, elle a arraché l'étoile jaune de sa veste. Cachée dans un grenier, elle a eu la vie sauve. Après la Libération, elle a rencontré mon père, elle en est tombée amoureuse et, enceinte de lui, elle s'imaginait heureuse. Mon père est parti pour Israël. Plus jamais il ne s'est intéressé à nous. Ma mère est morte d'une leucémie galopante. Qui dit mieux ? » Elle garda le silence.

« On pourrait un jour prendre un café, dit-il, si vous vous intéressez à l'Afrique. – Je suis dans l'annuaire, répondit-elle. Appelez-moi. Abram », répéta-t-elle.

Un mouvement de foule les avait séparés. Elle allait se souvenir du regard froid de l'homme qui venait du chaud. Le comportement de ce géologue africain était différent de celui des autres hommes. « Et s'il avait des choses intéressantes à dire ? », pensa-t-elle.

23

De l'homme politique qui l'avait mordue, elle gardait une fine trace sur l'épaule. Ce géologue, lui, ne semblait pas mordant. Et s'il était plus civilisé que les autres ? Plus naturel ? Plus authentique ? Plus neuf ? Il avait, aux yeux de Nora, un avantage indéniable. Aucun de ses gestes, aucune de ses paroles ne ressemblaient aux gestes et aux paroles des habitués des salons parisiens. L'homme était inédit. Il fallait juste s'assurer qu'il n'avait pas trois femmes, neuf enfants et une parenté envahissante. Était-ce un homme de qualité ? Et selon quel critère ? Prudence.

Quelques jours plus tard, Nora – douée d'une sagesse millénaire et dotée d'une perpétuelle soif d'apprendre et de connaître – accepta l'invitation de l'Africain. Ils s'étaient retrouvés à la terrasse d'un bistrot de Saint-Germain-des-Prés. Étranger, il croyait que ce quartier était le symbole de Paris.

Chapitre III

Nora étudiait intensément l'Africain. Cet homme au comportement austère ne ressemblait à aucun cliché. Peu à peu, elle se familiarisait avec l'idée d'une nouvelle relation expérimentale. Depuis la mort de son mari, le cœur vide de sentiments et le corps téméraire, elle se retrouvait éternellement dans le même milieu, elle entendait les mêmes mots, elle reconnaissait les mêmes mensonges. Il était temps de changer.

Elle observait l'Africain. Il était soigné, sa cravate parfaitement nouée et son esprit encombré d'impressions neuves. De quelle manière il la percevait, elle, la Parisienne connue? Pendant des années, les amateurs de veuves élégantes avaient avancé vers elle en rangs serrés. Elle avait refusé la demande en mariage de plusieurs personnalités, des divorcés ou des veufs. L'un de ces types, distingué et en quête d'idées originales pour sa campagne électorale, aurait aimé la garder dans le rôle

25

d'éminence grise, sinon rose. Elle l'avait viré. Ensuite, elle avait été la compagne, pour une courte période, d'un faux révolutionnaire, qui roulait en BMW. Tout en maudissant le capitalisme, il avait acheté une belle maison à Toronto. Routard symbolique à Paris, il profitait du luxe du Canada. Elle avait essayé aussi un philosophe qui portait les malheurs du monde entre les dents, comme un chien de chasse le cadavre d'un oiseau. Ces hommes-là voulaient se nourrir de ses idées à elle et alimenter avec ses phrases aiguës les discours à prononcer, les articles à écrire. Elle avait une science innée – acquise aussi – de la géographie des humains et de leur culture. Elle foisonnait de références politiques et littéraires. Elle démasquait avec grâce et cruauté les tricheurs intellectuels. Elle percevait, dès la première rencontre, la vraie nature de l'homme qui l'approchait. « Jamais ce type ne me touchera », se disait-elle souvent en essuyant mentalement les traces des regards qui se posaient sur elle.

*

L'Africain se tenait sur ses gardes. « Ça vous est déjà arrivé de sourire ? » lui demanda Nora. Ici on est dans un café, pas au tribunal du Jugement dernier. Cet homme était dépaysant. Il représentait un monde peut-être plus pur, plus simple, donc plus digne. Elle songeait en souriant à leur rencontre : si Mme Livingstone avait découvert un Stanley providentiel ? Ils s'étaient quittés perplexes. Ils se retrouvèrent prudents. Il parla de son enfance fortement marquée par la présence des missionnaires. Il avait peu de références occidentales, il avait même échappé à Freud et à Walt Disney. On ne l'avait jamais nourri de fast-food intellectuel. Il avait quitté un pays africain dont la misère était plus noire que ses habitants. Il avait gravi les échelons d'un système colonial démodé. Il avait évité de justesse les universités moscovites. Puis, ce fut Paris. Ses grands-parents avaient été esclaves, dans tous les sens du mot.

Elle l'écoutait avec un vif intérêt expliquer l'importance du riz dans une économie de misère et décrire la manière de le cultiver. Elle se remémorait ses lectures d'adolescence, quand elle s'imaginait embarquée à bord d'un bateau de pêche sur le lac Victoria. Il décrivait l'île des crocodiles face à Huma-Bay. « Ça grouille là-bas. Petits, grands, moyens, tous les crocodiles sont dangereux. »

Nora avait longuement réfléchi avant de franchir la frontière de ce monde inconnu. L'homme distingué et triste insistait sur le fait qu'il était noir en sorte que pour la première fois elle se sentait blanche. Tout en évitant prudemment les allusions aux problèmes sexuels, il voulut quand même, sans doute, rassurer Nora : il se souciait autant de la pureté de son corps que de celle de sa conscience. Il s'avoua célibataire volontaire voué à une cause obscure. Il insista sur l'aspect intellectuel de leurs liens tout neufs. Nora écoutait et débitait elle aussi, les premiers mensonges.

Le terrain défriché, ils entamèrent, en commun accord, une liaison programmée avec la précision d'un ordinateur. Au lit, une nouveauté : peu de mots et une durée irréelle. Elle découvrit des manières rudes, l'absence de tendresse et la force d'un rouleau compresseur. C'en était fini avec les esthètes bavards qui se perdaient en histoires compliquées avant de poser leurs mains tièdes sur elle. L'amant noir s'imposa le silence. Avec lui, les voyages se déroulaient dans un univers insonorisé. Le plus faible halètement aurait été indécent.

Nora explora l'insolite. Et bientôt, avec un immense rire étouffé, elle constata, une fois de plus, que l'homme ignorait sa belle âme, se désintéressait de ses pensées philosophiques, de ses idées humanitaires. Elle était redevenue un corps. Lorsqu'elle fermait les yeux, l'amant noir était à son aise. Pas de commentaires ni de gestes déplacés.

L'amant noir était passionné par la politique française, ce qui étonna Nora, puis l'ennuya. Elle préférait les évocations de la vie des missionnaires qui avaient converti, à tour de bras, la population. Le grand-père esclave n'avait eu droit à un nom qu'en échange de l'acceptation du baptême. Sans Dieu, pas de carte d'identité. L'amant noir surgissait d'une forêt vierge ratissée quarante ans plus tôt par des fonctionnaires, et la maîtresse blanche, de la jungle parisienne.

Pour ne pas reconnaître le plaisir qu'ils ressentaient, ils ne cessaient de proclamer leur détachement de ces fêtes physiques. L'homme avait l'amour triste. Après avoir survécu à des explosions de plaisir, il restait immobile, les traits tirés. « Quelque chose te tourmente ? Tu as le mal du pays ? – Non, disait-il, non. » Il lui fallait des heures pour esquisser un faible sourire. Nora mit un temps considérable pour découvrir qu'en fait il était tourmenté de désobéir aux règles de sa religion.

Un jour enfin, l'énervement l'emporta. « Va-t'en, dit-elle, je ne veux pas être démoralisée par un type aussi négatif. Tu n'apprécies pas la vie, ni les instants agréables, rien. – Veux-tu venir à la messe avec moi ? demanda-t-il en guise de réponse. Il y a un service à dix-huit heures. – Et alors ? s'étonna-t-elle. En quoi ça me regarde ? – Partager, dit-il. – Quoi, partager ? – La religion. – Ce n'est pas mon affaire, dit Nora. – Mais tu crois en Dieu ? questionna-t-il, apparemment affolé. – En quel Dieu ? Pourquoi me parles-tu de Dieu ? » Il hocha la tête, s'habilla et partit.

Nora ne pouvait le nier plus longtemps : l'image idéale du couple qui aurait vaincu les interdits, les sous-entendus et les remarques si souvent malveillantes de l'entourage, allait se briser sur une porte d'église. Agacée, elle refusa le moindre compromis, elle qui ne supportait la soumission à aucune structure religieuse.

Un dimanche, de retour de la messe, il se montra distant. Muet, il se mit à grignoter une aile de poulet en regardant Anne Sinclair sur l'écran de la télévision. Nora ne supportait plus le poids de l'emprise mystique qui se dégageait de lui. Elle éprouva une brutale envie de rompre. Se lever, ouvrir la porte et la refermer derrière l'homme. Elle guettait le moment propice entre poulet et salade. Lui sentit l'orage : il attendit la toute dernière phrase de Sinclair et partit comme on quitte un bureau. Avant les informations. Le symptôme était grave. Il réapparut tout de suite après : il avait oublié son parapluie. En habitué des saisons des pluies africaines, il tenait à son imperméable et à son parapluie ! Elle poussa un soupir et mit une vidéocassette. *Speed*. En version anglaise.

Ils continuèrent à se rencontrer. Les failles se ressoudaient chaque fois. L'amant noir aimait afficher devant ses compatriotes l'élégante Blanche. Elle se rendait à certaines réceptions parisiennes avec lui. Elle provoquait. Paris, sensible aux subtilités des relations sociales et profondément

intéressé par le sexe, parlait d'eux assez
méchamment.

Ils connurent aussi des moments amusants.
Par exemple, lorsqu'en vacances, elle s'enduisait
de crème pour préserver sa peau du soleil, elle
lui proposait machinalement ses produits. Il
hochait la tête. Sa peau véhiculait l'héritage
génétique du soleil de ses ancêtres. « Tu en as de
la chance », disait-elle.

Sans l'avoir jamais reconnu ouvertement, ils
étaient complices dans leur plaisir physique,
d'autant plus fort qu'ils restaient colonisés, lui
par sa religion, elle par son chagrin tenace, sti-
mulés par les chocs perpétuels de deux civilisa-
tions ou de deux manques de civilisation. Bientôt, pour se faire pardonner d'exister et de subir
le plaisir, ils s'essayèrent à de longues discussions sur l'aspect intellectuel de leurs liens.
Au début, ce rite de justification paraissait indispensable. Ensuite, Nora se lassa de tant d'hypocrisie.

Elle couvait sa rébellion. Il ne s'agissait pas
de couleur, mais de culture. L'amant noir était
un honnête homme assez primaire, arrivé dans
sa vie après une série d'expériences intéressantes
sur les divers modes de pensée et manières de
faire l'amour. Auprès de l'Africain, elle constata
l'étonnante ressemblance mentale des hommes :
qu'ils soient noirs ou blancs, aristocrates ou gen-
tlemen-farmers, arrivés de la forêt vierge ou de

la Bourse, ils ne parlent, dès la troisième rencontre, que de leur enfance. Ils se délectent en évoquant leurs malheurs passés, ils y puisent les prétextes de leur faillite physique, de leur échec professionnel, de leur mariage raté. Les hommes « vieille France » – une race en extinction – se plaignaient des gouvernantes sévères et d'un manque d'affection de la part des parents. Nora, avec son humour plus noir que l'épiderme de son amant, imaginait un jardin zoologique où seraient groupés ces fauves fatigués, ces anciens ministres ou ambassadeurs, ces représentants des castes privilégiées du grand et noble pays qu'était la France. Ils seraient exposés, ces hommes élégants, distingués, aux mains soignées, au langage parfait, un fond de tristesse dans le regard. La plupart avaient plus de manières que de force physique ou d'argent. Ils s'accrochaient à leurs obsessions – jusqu'à la limite de leur souffle de plus en plus court : pouvoir, décorations, honneurs.

Pour parler de ses malheurs et de ses rares bonheurs, l'amant noir évoquait lui aussi son enfance. Élevé par les missionnaires depuis l'âge de huit ans, il gardait une redoutable discipline religieuse. Pour mieux se préserver, il se cantonnait dans une sobriété incontestable et une fausse modestie agaçante. En le vouant à Dieu dès son jeune âge, on avait largement diminué sa capacité de tendresse et de compassion pour ses proches.

Il voyait dans l'amour physique un besoin naturel des humains, une preuve de la faiblesse morale aussi, mais susceptible de pardon. Nora, qui trouvait ces raisonnements ridicules, le faisait taire, agacée. Lui, silencieux et péremptoire, entraînait Nora au lit pour partir ensemble en voyage organisé au pays des plaisirs. « Il faut que ça cesse », pensait Nora.

Elle observait les jeux de lumière sur le plafond et, tout en laissant labourer son corps, imaginait un homme qui aurait eu une enfance heureuse. « Quel soulagement ce serait ! » pensait-elle. Et elle étouffait un minuscule soupir sur l'oreiller. Il fallait épargner la sensibilité de l'amant noir et respecter ses convictions religieuses : l'acte devait donner la vie, pas le plaisir. « Tu es l'empereur de l'hypocrisie », lui déclarat-elle un jour.

Quand il parlait – ce qui arrivait souvent en dehors de l'amour –, il se démenait dans des discours patriotiques, il critiquait la politique de son pays enfin démocratique. Nora parlait de la France. Cette surenchère d'idées finissait par être assez fatigante. Tout en grignotant des poulets rôtis devant la télévision au son parfois éteint, elle subissait avec un ennui profond et une sorte de malaise les exhortations sur le salut, la vie éternelle, et la lourde insistance sur le poids moral de leurs liens physiques.

Un jour qu'il était de mauvaise humeur, il attaqua :

– Tu veux toujours vivre comme ça ? Librement, comme tu dis ? Errer d'un pays à l'autre et dessiner des centaines de robes ? Tu ne voudrais pas une existence plus stable ? Des enfants ?

Vêtue d'un pyjama d'intérieur, forcément chic, elle soupira.

– Depuis la disparition de mon mari, je n'ai pas de projet personnel. J'improvise ma vie.

– Il ne faut plus parler de ton mari. Il n'est plus là.

Soudain, elle le haïssait.

– Tu n'as pas de cœur, répondit-elle. Selon ta religion, on n'est que de passage sur cette terre, en attendant le bonheur d'arriver au paradis. N'empêche, ajouta-t-elle perfidement, tu aimes ce passage. Tu profites bien de cette terre de souffrance.

Il n'avait pas le sens de l'humour.

– Je te suis fidèle, dit-il. C'est un mérite.

– Évidemment. Mais la fidélité fait partie de notre accord. Par les temps qui courent, le moindre faux pas tue. Tu as, toi aussi, une totale sécurité physique. Nous ne sommes pas fidèles par amour, mais pour assurer notre confort et notre santé. La vérité est là.

Il fit une grimace.

Cette femme blanche avait le don détestable de remonter jusqu'à la racine de ses pensées, elle l'agaçait prodigieusement.

– Je suis sensible, dit-il. Ce genre de remarque me blesse. Je suis bon et généreux. Je cotise aux œuvres de ma paroisse.

Elle s'exclama :

— Tu te payes surtout ma tête avec tes belles histoires. Tu n'as pas de cœur, répéta-t-elle. Ni pour les êtres humains ni pour les animaux. Tout est pour Dieu. Comment pourrais-tu aimer une famille quand tu n'aimes qu'une hypothèse ? Tu aimes l'Invisible. Marie-toi avec une fille de ton peuple. De ton ethnie. Tu pourrais avoir un bébé tous les onze mois. Engendre des enfants, une ribambelle d'enfants. Accomplis donc ton rôle de croyant. En quelques secondes, tu auras la conscience soulagée.

Il haussa les épaules.

— La famille ? Non. J'ai décidé de me vouer à une certaine forme de célibat. Il y a trop d'enfants au monde. Surtout en Afrique. Il ne faut pas en ajouter. Moi, j'aime bien les enfants des autres.

Elle éclata de rire.

— Tu les aimes de loin, n'est-ce pas ? Et tu es voué au célibat! Quelle découverte! Nos après-midi et nos nuits de célibat sont à citer en exemple. Et pour tes proches, tu fais quoi ? Tu pries ?

— Mais oui, dit-il, je suis le meilleur ami d'un couple et le parrain d'un de leurs enfants. Je suis un gentil parrain. Je donne des cadeaux lors des anniversaires et j'emmène les gosses à la messe.

Elle hocha la tête.

— Le meilleur chien qu'on puisse fréquenter, c'est celui du voisin. On le caresse en passant sur le palier. Mais c'est l'autre qui s'en occupe.

Il s'engagea dans un discours sur les souffrances des différentes ethnies de son pays puis, changeant d'avis, il choisit l'armistice.

— Nous avons sur l'existence des opinions différentes, conclut-il. Qu'importe! N'en parlons plus. Si on allait au lit?

— Tu ne pourrais pas me dire « je t'aime »?

— Si ce n'était pas le cas, je ne serais pas là...

Il se leva, s'approcha d'elle, et la serra si fort dans ses bras qu'elle en perdit le souffle.

— Je ne peux plus respirer, murmura-t-elle.

— Mais si...

Il ôta le chemisier de Nora et son soutien-gorge.

— Tu as des seins superbes.

— Pourvu que ça dure!

Il la regarda.

— Chez nous, les femmes démolissent leurs seins en battant le maïs avec des massues.

— Ce n'est pas mon problème, le maïs, remarqua-t-elle.

Parce qu'elle en avait assez de l'amant bull-dozer, elle tenta de lui apprendre le raffinement. Elle lui enseigna l'amour à l'occidentale, tout en souplesse, tout en douceur, en délicatesse. Perfectionniste, elle eût aimé un accomplissement physique incomparable. Elle lui expliquait que la Révolution française avait préparé la séparation de l'Église et de l'État, et libéré le peuple des contraintes religieuses. Elle lui répétait que l'amour physique ne relève pas du péché. Que le plaisir est un art, alors qu'engendrer des enfants est un acte facile. Littéralement hypnotisé, il s'assouplissait et se sentait presque heureux. Elle, le corps rempli de sève et l'esprit léger, souriait. Ses pérégrinations sur la Planète des Hommes lui avaient appris que moins un homme est intelligent, plus il dure au lit. Comme s'il existait entre le sexe, le cerveau et le temps une complicité tacite ou une hostilité déclarée. Il ne fallait guère attendre des prodiges de celui qui avait à prononcer le lendemain une plaidoirie, ou de celui qui devait exposer un rapport au conseil d'administration. Les rares grands couturiers qui fréquentaient des femmes pour leur plaisir n'auraient été au lit que d'aimables plaisantins la veille de la présentation à la presse d'une nouvelle collection.

Un homme défaillant au lit est éprouvant, parce qu'il faut le consoler. Nora n'aimait ni consoler, ni rassurer. Elle préférait les silences de l'amant noir. Au fur et à mesure que leur liaison se prolongeait – durant leurs interminables étreintes –, elle inventait des modèles. Son imagination faisait naître la mode sur le plafond blanc, elle s'échappait des bras de son amant noir qui la croyait dans un état d'extase retenu.

Une fois, pendant une étreinte qui n'en finissait pas, le fou rire la saisit. Il se propagea vers sa gorge, sa poitrine explosait ; ce rire, elle devait le retenir. Tout son corps tremblait. Ses soubresauts convulsifs qu'elle essayait de retenir aiguisaient l'appétit de son amant, qui se croyait soudain allongé sur un volcan.

Elle tourna la tête et, avec son bras gauche libre, elle voulut tirer l'oreiller et l'interposer entre le visage de son amant et le sien. Lui considérait que la perte de sang-froid chez cette femme étrange était une victoire. Elle venait de coincer l'oreiller dans lequel elle réussit à camoufler son rire, mêlé à un orgasme qui l'avait secouée de la tête aux pieds. Lui, muet, tomba à côté d'elle. Pleurant de rire, elle se dégagea, poussa un soupir et se leva. Elle s'enferma dans son peignoir comme on entre dans les ordres. Il la regardait, pensif.

— Ce qui se passe entre nous, c'est uniquement la manifestation intime de notre amitié, dit-il, affolé d'avoir vécu une pareille aventure physique.

— Quelle amitié ! s'exclama-t-elle. Mes aïeux, quelle amitié !

Elle entra dans la cabine de douche. Puis, fâchée, elle revint dans la chambre, décidée à se venger. A un niveau de potache, mais se venger quand même. Elle se frotta les cheveux avec la serviette-éponge.

– La position du missionnaire, tu sais ce que c'est ?

– Un système pour enseigner la lecture et la religion aux enfants, dit-il. C'est une position de départ.

Malheureusement, le français n'était pas la langue maternelle de son compagnon, ce qui, à la tristesse de Nora, excluait les sous-entendus, les phrases complices, les rires souterrains, même des boutades exaspérantes de bêtise.

– C'est une noble tâche, approuva-t-elle.

– Tu reviens ? dit-il. J'ai encore envie de toi.

– J'ai besoin aussi d'un peu de nourriture intellectuelle, déclara-t-elle. Et de rester seule. Habille-toi. Tu arriveras encore à temps à l'église. Va vite.

Il se leva. Même nu, il semblait habillé par la nature d'un survêtement foncé. Il ouvrit le peignoir de Nora.

– Tu sens bon.

– J'ai aussi des belles pensées, répliqua-t-elle. Si un de mes projets pouvait t'intéresser, je te le raconterais. Je voudrais concevoir une collection surprenante.

– Après, dit-il. Après...

– Et l'église ?

– Après...

Elle se retrouva au lit. Sa future collection prenait forme. Si elle créait l'été et l'hiver en coton ? En coton noir, sinon en soie noire, comme la peau de son amant.

Il la broyait avec une douce insistance. Il avait enfin compris que la virilité n'était pas proportionnelle à la brutalité, ni aux coups de boutoir. Au rythme des vagues de plaisir, elle inventait. Elle avait hâte de se retrouver avec ses grandes feuilles de dessin et ses crayons. Il fallait impérativement qu'elle s'y mette, sinon les silhouettes s'échapperaient.

Malgré les ruptures improvisées et les adieux abrupts provoqués par leurs sautes d'humeur, il l'appelait au téléphone, puis il revenait.

Elle, saturée de plaisirs, espérait toujours rencontrer un homme à admirer. « Ah ! soupirait-elle souvent sous sa douche, en levant le visage vers l'eau abondante. Ah, ce que j'aimerais admirer un homme ! Juste l'admirer. »

Elle éprouvait le besoin impérieux de partage intellectuel. Parler de créativité, d'imagination, de sensations de bonheur, sentir les idées jaillir. Elle tentait alors de transformer son amant noir en partenaire de conversation. Il l'écoutait, à peine poli. Leurs domaines d'intérêt étaient trop éloignés, et surtout isolés par le carcan religieux de l'amant. De plus, c'était un homme d'habitudes. Il atterrissait au lit juste après la météo. Jamais avant. Les prévisions du temps le passionnaient. Elle s'étonnait, intriguée :

— Qu'est-ce que ça peut faire, la pluie ou le beau temps... Quelle importance ? Nous sommes à Paris et tu n'es pas agriculteur.

– C'est important, le temps, répondait-il.
C'est très important.

Puis, au lit, sur leur champ de bataille silencieux, ils se baignaient une fois de plus dans un mélange de liquide, de sève de l'homme et de transpiration.

– Notre style Adam et Ève au paradis commence à m'ennuyer, déclara-t-elle un jour.

Elle avait les cheveux raides et mouillés, les pieds nus, un verre de jus d'orange à la main.

– Si on ne change pas de vie, je vais dépérir avec toi, continua-t-elle. Je veux connaître tes pensées profondes, si tu en as en dehors des théories religieuses. Et toi, tu devrais essayer de me découvrir. Notre intimité physique mérite considération, mais il faut nous alimenter avec les richesses de l'esprit pour ne pas perdre la face, y compris devant nous-mêmes. Nous nous accouplons comme les libellules. Un vol interminable, l'un sur l'autre, de libellules qui flottent. Remarque, tu étais un bulldozer, tu es devenu libellule : pas mal.

Elle ajouta :

– C'est une plaisanterie. Ne la prends pas mal. Mon humour noir.

Il n'aimait pas l'expression « humour noir ». Il la trouvait péjorative. Elle se perdait dans des explications :

– Juste une expression ! Quand on se moque

d'une manière sinistre de quelque chose, c'est de l'humour noir.

– C'est injuste pour le noir, observa-t-il.

Nora ramena la conversation au premier degré.

– Disons alors « humour gris ».

Elle voulait partager ses jeux de mots, se moquer d'eux-mêmes, rire, apprivoiser ce rocher noir, l'humaniser. Elle eut soudain une idée salvatrice. Peut-être serait-il intéressé par une histoire d'animal.

– J'ai eu dans ma vie un gros chagrin à cause d'un chien.

Il fronça des sourcils.

A cause d'un chien ? Un chagrin ?

Elle déroula l'histoire, elle raconta, en larmes, la mort de son chien. Et comment ce chien avait dû se sentir trahi, abandonné. Il fallait que cette statue de granit comprenne sa douleur, elle voulait de la compassion, de la fraternité, elle voulait être consolée.

– Tu pleures à cause d'un chien ?

Il la regarda, incrédule. Elle insista. Elle avait envie de taper sur ce rocher.

– Un jour, je prendrai un grand chien. De la SPA, continua-t-elle en se mouchant.

– Qu'est-ce que c'est, la SPA ?

– Société protectrice des animaux. Je veux rendre heureux un chien malheureux. Pour me racheter.

– Tu veux un chien ? Et le racheter à qui ?

Elle se fâcha et jeta le mouchoir en boule.

– Tu ne comprends rien. Ma conscience réclame le bonheur d'un chien.

Pour la première fois depuis qu'il se connaissait, elle le vit rire. Il éclata d'un rire énorme, ancestral, l'une des rares manifestations que les rigides principes de l'institution missionnaire n'avait pas éteintes. A part son sexe en appétit constant, il lui restait encore quelques rires disponibles.

Elle se demanda aussitôt : « Et si le rire était considéré aussi comme un péché ? Il ne rirait plus jamais ? »

– Ce n'est pas drôle, dit-elle tout haut. C'est important. Ce chien est parti vers la mort. Je le vois courir, sans cesse. Ce chien court en pleurant. Ce chien est mort avec l'idée que sa maîtresse l'avait abandonné. Et je ne peux plus l'arrêter.

Il hocha la tête :

– Tu racontes des choses bizarres. Un chien ne pleure pas. Du reste, tu devrais bien réfléchir avant de rendre une autre bête malheureuse.

Elle ne lui pardonnerait jamais la suite. Plus jamais.

– Tu n'as pas une vie faite pour avoir une famille, insista-t-il. Tu n'as pas une vie faite pour avoir un foyer, tu n'as pas une vie faite pour avoir un chien. Tu n'es pas capable de soigner un chien. Tu ne t'occupes que de toi, et de tes créations, de tes inventions. Tu oublieras le chien dans un coin.

Elle se recroquevilla. Il venait de la massacrer, moralement. Il niait sa capacité de femme d'avoir un foyer. Ses possibilités féminines de materner, de diffuser de la chaleur. Il l'accusait de n'avoir aucun sens des responsabilités. Il niait ses qualités de tendresse. Il la démolissait.

– Oublie le chien et reviens au lit.

Elle le détestait.

– Va-t'en.

– Pourquoi ? demanda-t-il. On a encore une heure et demie avant « Envoyé spécial ».

Elle était blessée. L'idée ne l'effleurait même pas qu'il l'avait choquée.

– La seule chose intelligente que tu puisses faire avant que j'explose, c'est de t'en aller.

– D'accord, dit-il. Si tu l'exiges, je m'en vais.

Elle pointa l'index sur la poitrine lisse de son amant. Côté gauche.

– Il n'y a rien ici. C'est creux. Tu n'es pas méchant, mais tu ne sais rien de l'être humain. Tu ne sais pas aimer. Sauf des statues en bois.

Il allait partir. Costume, cravate et chemise blanche. Il s'arrêta dans l'entrée, il se méfiait de cette violente rupture. Cette femme blanche était imprévisible, donc dangereuse.

– A cause d'un chien ? interrogea-t-il. Tout cela à cause d'un chien ?

Elle ouvrit la porte :
— Au revoir.

Elle referma le battant et tourna la clé doucement. Une heure plus tard, elle sortit. Elle se
précipita chez le marchand de journaux du
drugstore, en haut des Champs-Élysées, où elle
acheta toutes les publications concernant les
chiens. Il fallait trouver la race qui correspon-
dait à sa vie. Un chien qu'elle pourrait porter
dans un sac. Une nouvelle tentative d'achat, sous
garantie qu'il reste petit à vie, ce chien. Un petit
chien avec une âme de lion, voilà, c'est ce qu'elle
voulait. L'amant noir n'avait pas le droit de lui
enlever l'idée qu'elle aurait été une bonne mère
de chien ou une bonne mère tout court.

La mort précoce de son mari ne lui avait pas
permis d'avoir un enfant. Ses tentatives d'adoption se terminaient par des refus. Une femme
seule ? Adopter ? Impossible, madame. Oui,
contre vents et marées elle lutterait. Elle
construirait une famille, même sans homme.
Sans machine à faire l'amour. Elle adopterait
deux enfants ! Elle y arriverait. Plus tard, eux,
ils s'occuperaient du chien. Elle, accompagnée de
ses enfants, ferait les courses au supermarché.
Oui, elle et ses deux enfants. L'aînée, une fille,
pousserait le chariot. Parfaitement. Une famille
normale dont l'Holocauste n'aurait pas décimé
les ancêtres et le cancer tué le père de famille.

Elle aurait adoré être le chef d'une tribu.

Donner des conseils. Faire la fête. Réussir. Distribuer ce qu'elle avait. Tout. Donner ses biens matériels, ses élans d'affection, sa force de création. Donner. Quel beau mot!

Elle examinait les magazines. Sur une couverture, elle reconnut un labrador souriant. Au même instant, elle eut conscience d'une présence insistante. Quelqu'un se tenait près d'elle. Trop près. « Il tombe mal, le satyre de service », pensa-t-elle. Le type l'aborda à la sortie :

— Vous êtes seule ?

— Non. Une meute de chiens tueurs me suit. Attention à vos mollets...

Sur les Champs-Élysées, plus seule que jamais dans la foule, elle pensa à un gâteau avec des bougies. Entendre « Happy Birthday to You ». Être aimée !... « Familles, je vous hais », a dit André Gide. « Famille, combien je t'aurais aimée », prononça Nora Abram, orpheline de ce siècle.

Chapitre IV

Mal dans sa peau, Gérard contemplait, au petit déjeuner – le seul moment où il bavardait avec son épouse –, la merveilleuse Japonaise qui aurait dû enjoliver son existence. Que de grâce et de glace ! Il devait faire attention à chacun de ses gestes pour ne pas irriter, avec ses manières un peu vulgaires, cet être raffiné qui mangeait sans mâcher, déglutissait sans bruit et tenait avec une élégance innée ses baguettes, sur lesquelles chaque grain de riz était bien à sa place.

Au départ de leur vie commune, il avait cru à la réussite de son union avec la fille de l'industriel japonais. Une ravissante créature au regard dur comme le silex. La femme idéale pour un directeur de société qui recevait souvent les partenaires de sa grande firme. Yoko était une hôtesse remarquable. Elle attendait les invités, vêtue d'un kimono d'apparat, aux côtés de son mari, dans l'entrée de l'hôtel particulier – situé sur la rive gauche – que la société mettait à leur disposition. Au cours des réceptions, les mains jointes sur la poitrine, elle s'inclinait légèrement pour saluer les invités. Elle exhibait avec fierté ses vêtements traditionnels, symboles de la fidélité qu'elle manifestait à sa noble lignée ancestrale. Les relations d'affaires de Gérard étaient agréablement dépaysées. On voyait – ayant écouté et savouré les rumeurs – derrière cette femme l'ombre d'une fortune considérable. Or Gérard ne s'intéressait pas à l'argent de sa femme. Il s'était marié par amour. C'est ce qu'il avait cru. Un amour inspiré et suscité par les yeux en amande et l'attitude réservée de la jeune femme. Français, il ne se sentait bien qu'en France, mais il avait cru au mythe de la femme orientale soumise et à sa douceur légendaire. Avant le mariage, les avocats de la fiancée avaient fait signer à Gérard des documents irrévocables : il ne réclamerait aucun avantage matériel lors d'un éventuel divorce. Gérard ne voulait que la présence de cette femme délicieuse. Elle accompagnait son mari partout. Elle ne tombait pas malade, elle savait résister au climat assassin de l'île de Timor où la société pétrolière prospectait de nouveaux gisements. Elle partait avec allégresse vers les pays africains. Sur les frontières de Namibie et de Zambie, Gérard avait aperçu des chevaux rares. Nullement gêné par les cinquante degrés du désert, il avait longuement observé aux jumelles

les chevaux sauvages, qui évoluaient avec une grâce irréelle. Il aurait planté une tente pour rester à les admirer. Yoko ne l'avait pas quitté.

Elle le suivait. Sans élever la voix, elle dictait sa loi. Peu à peu, elle soumettait Gérard aux gestes rituels des traditions japonaises. Dans les bras de son mari, elle était réservée. Après l'amour, elle l'honorait en lui concoctant un thé vert. Chaque fois qu'ils étaient au bord de la mer, elle préparait elle-même des sushis – ces boulettes de riz froid, renfermant du thon ou d'autres merveilles de la mer, crus, coupés en lamelles. Elle lui tendait – piqués sur des cure-dents – des fragments de poisson tout frais. Il dégustait des potages transparents, ici et là enrichis par des feuilles délicates de légumes inconnus. Il cachait ses désirs violents de steak-frites et étouffait ses envies honteuses de camembert et de beaujolais.

« J'ai réussi mon mariage », se répétait-il au début de cette entreprise conjugale. Mais au bout de deux ans et demi d'absence de dialogue, Gérard reconnut son échec et commença à s'accuser de tous les maux. N'était-il pas, lui, inapte au bonheur ? Il végétait, poli, dans la cage conjugale comme s'il remplissait un service militaire transposé à la vie civile. Il fallait obéir aux règles, garder la distance avec ses propres sentiments et essayer de se rendre efficace au lit. A vos ordres, mon colonel... D'ailleurs, comme souvent les hommes discrètement malheureux, il résumait son existence en une phrase : « On ne peut pas tout réussir. »

Il était heureux d'avoir été nommé au Zaïre, à la tête d'une filiale de première importance. Il s'installerait là-bas dans une belle maison. Sa femme serait un élément important de sa réussite sociale. On soupçonnerait le beau-père de relations avec la mafia japonaise. Arriverait-il un jour, grâce à ces « on-dit », à la direction européenne de l'entreprise mondiale ? Un beau-père de ce genre était-il un atout ou un handicap ? Il entretenait le rêve de sa nomination, d'autant plus que les circonstances semblaient favorables. Le président de la société multinationale, à New York, avait eu une grave alerte cardiaque et le responsable qui régnait sur le secteur francophone venait de subir un double pontage. Pendant combien de temps garderait-il son fauteuil ? Gérard souhaitait d'abord la direction générale des secteurs africains, ensuite celle de l'ensemble des filiales européennes.

*

Nora, qui circulait déjà entre New York et Francfort, prévoyait l'ouverture d'une succursale de la maison de couture à Tokyo. Les Japonais la recevaient avec une curiosité teintée de solennité. Elle revenait de ces déplacements décalée

dans ses horaires, et comblée dans sa vie professionnelle. A Paris, lorsqu'elle retrouvait son
amant noir, elle réduisait leurs dialogues à de
petites phrases anodines. Il se disait fatigué de la
vie quotidienne et mal secondé par sa secrétaire
– sans doute raciste.

– Mais non, répétait Nora. Ce n'est pas parce
qu'elle fait des fautes d'orthographe qu'elle est
raciste.

Il hochait la tête, sceptique. Il interprétait le
moindre énervement de son entourage comme
une hostilité déguisée. Nora l'écoutait pensive-
ment. Tout ce qui au début de cette relation
paraissait exceptionnel, sinon idéal, disparaissait
inexorablement. L'union harmonieuse d'un
couple mixte n'était plus qu'un fantasme naïf.
Elle se traitait d'ingrate : combien de femmes
rêvent – paraît-il – d'une liaison qui dépasse
sans doute les normes habituelles ? Une nuit,
– elle n'était plus qu'une ombre blanche dans la
nuit noire –, elle lui demanda s'il pensait, quand
ils étaient ensemble, à d'autres choses qu'à
l'amour physique.

– Évidemment. A l'âme, dit-il. L'amour physique est secondaire. Je te l'ai répété : cet acte
n'est que l'aboutissement d'une amitié.

Une telle mauvaise foi énervait prodigieusement Nora. Même si l'on considère que l'autre
est sous l'emprise complète d'une religion rigide,
on n'aime pas se sentir imbécile.

– Laisse tomber tes histoires idiotes d'amitié. Tu te caches derrière un mot. On ne peut pas être si lâche.

– Je ne suis pas lâche, dit-il. Pudique.

Il se leva, maussade. Fallait-il avouer à cette femme étrange, au corps impeccable et si indépendante, des problèmes qui lui pesaient de plus en plus ? Depuis quelque temps, son directeur de conscience, un ecclésiastique qui suivait l'évolution de ce fidèle parfois infidèle, le rappelait sévèrement à l'ordre. Il essaya de s'expliquer :

– Le plaisir gratuit est un péché.

– Le plaisir gratuit ? Qu'est-ce que c'est ? Elle avait envie de mordre.

– L'union physique accomplie sans la volonté de fonder une famille est un péché.

– Qu'est-ce que tu fous ici ? s'écria-t-elle. Hein ? Réponds !

A regret, il avoua :

– Si je veux évoluer, il faut que je profite de tes connaissances culturelles et que j'assimile les habitudes françaises. Mais si tu voulais fonder une famille, notre union ne serait plus condamnable.

Elle s'exclama :

– Combien de fois faudra-t-il te répéter que je vis une vie de rechange ? J'ai recommencé, à trente-cinq ans, tout à zéro, mais avec le poids d'un passé affectif ineffaçable.

– Tu te compliques l'existence, répondit-il. L'âme est à Dieu. Il faut laisser les morts où ils sont.

Prudemment, il n'évoqua pas l'enfer ou le paradis. Il avait développé auprès de Nora un certain instinct de défense.

– Ce que j'appelle « amitié »..., reprit-il.

– L' « amitié » au lit ? Mon cher ami, prononça-t-elle en affectant le ton de la Parisienne sophistiquée, mon cher ami, l' « âme » n'est qu'une pieuse autosuggestion. L'âme, appelée communément aussi : esprit, n'est qu'un assemblage de neurones et de cellules grises. Toute la belle machine cesse de fonctionner au moment précis où la vie biologique est interrompue.

Asphyxié par la violence de Nora, par ces phrases si malfaisantes pour un chrétien pratiquant, il était décidé à ne plus l'appeler ni la revoir puisqu'elle piétinait ses convictions. Il partit, offusqué. Pendant quelques jours, il réfléchit, luttant contre une incertitude troublante. « Et si elle avait raison ? » Pour finir, rassuré par la certitude de l'absolution finale, il prit la résolution de replonger dans les abîmes. Il fallait sans doute parcourir un chemin pavé de mauvaises intentions pour mesurer ses propres vertus et sa volonté de contrition. En tout cas, à n'importe quel moment, il pouvait faire demi-tour et redevenir un chrétien digne de ce nom.

Il avait rompu avec son censeur moral. Dès le moment où il n'était plus collé contre la paroi d'un confessionnal, son corps se libérait, l'acte d'amour incriminé n'était plus réduit aux réflexes prolongés d'une envie primaire. En se délivrant provisoirement de la hantise du péché, il entrait dans l'empire de la volupté. Son carcan constitué d'interdits gisait à terre, tandis que son corps, débarrassé de ses complexes, se remplissait de sève. Il avait acquis une légèreté de mouvements jusqu'ici insoupçonnée : l'absence de peur de l'enfer lui prêtait une aisance insoupçonnée. Il découvrit, stupéfait, qu'en dehors du désir physique, il avait aussi pour Nora une sorte d'affection. Et si ce sentiment étrange créait un phénomène de dépendance ? C'était à envisager – et à craindre.

Nora avait cessé d'imaginer des modèles inédits pour ses prochains défilés. Le plafond n'était plus pour elle un grand écran. Elle était greffée – plante blanche – sur un tronc d'arbre noir. Son corps se mouvait avec celui de son amant au gré des vagues douces d'une mer tropicale. L'aboutissement, enfin sans contrainte physique, des années de liaison les laissait inertes d'épuisement sur le lit. Puis, la course dans l'infini recommençait. Ils savaient ce qu'est le vertige du plaisir. Les gouttes de sueur de son amant tombaient sur elle comme une pluie tiède. Trempés dans une mare de sève, livrés aux mouvements lents et doux, soudés ensemble, ils devenaient fœtus d'un monde de paix.

Un jour, foudroyé de panique, l'amant noir s'arracha aux ondes de volupté. Repris par les remords que lui instillait son directeur de conscience – qui l'avait relancé et ne cessait de le sermonner –, il avait inventé une grippe, il s'était enfui dans un couvent qui subsistait grâce aux hôtes payants. Là-bas, il sombra dans la prière.

Après une absence de quinze jours, il revint vers Nora, les yeux veinés de rouge et bouleversé par un désir épidermique qui le secouait comme une crise de paludisme. Elle n'était ni plus ni moins qu'un passeport pour l'enfer. Elle l'accueillit, elle le contempla, elle lui épargna son cynisme ravageur – pas par bonté, par paresse. Ils avaient conclu un armistice, ils n'évoqueraient plus le ciel ni l'enfer. Ils vivraient sans paroles. Alors le directeur de conscience, soucieux du salut du fidèle en proie aux tentations, téléphona à Nora pour lui demander de ne pas persister à être le péché mortel de ce croyant, victime des tentations de la chair.

Livide, Nora raccrocha le combiné. L'intrusion dans sa vie d'une religion pour elle étrangère lui faisait l'effet d'une agression. « De quel droit, se demanda-t-elle, de quel droit on entre dans ma vie ? »

*

Quand l'amant noir se présenta chez elle trois jours plus tard, il trouva un panneau de « sens interdit » collé sur la porte de la chambre à coucher.

– Ça signifie... ?

– Un panneau de sens interdit, dit-elle. On n'entre plus dans ma chambre. Sauf en marche arrière. Et en demandant pardon. A Dieu et à moi.

– Je ne comprends pas, murmura-t-il.

Elle ne désirait pas l'attrister en dévoilant l'intervention de l'ecclésiastique. Elle expliqua simplement :

– Je ne veux pas vieillir à côté d'un homme prisonnier de ses fantasmes religieux. Garde tes problèmes pour toi, souffre seul. Mettons un terme à ce que tu appelles pompeusement notre « amitié ».

Il était parti furieux. Son visage ressemblait soudain aux masques en ébène vendus sur les marchés tropicaux aux touristes novices. S'étaient-ils quittés pour une semaine ou pour le reste de l'existence ? Aucun d'eux ne le savait.

Nora, libérée et légère, décida de replonger dans la vie parisienne et de repartir à la recherche de « l'homme admirable ».

Elle acceptait des invitations pour des cocktails, elle se mêlait à la foule, elle souriait et rassurait ses relations mondaines : oui, elle allait très bien. Elle voyait de près les tempes argentées de ces têtes qui se penchaient sur sa main fine dont elle avait enlevé, lors de la première étape de sa solitude, l'alliance. Elle tendait une main nue. Elle attirait les hommes intrigués par cette femme à la mode, toujours élégante, souvent vêtue de noir – pas à cause du deuil, non. Le noir lui allait bien.

Elle était à l'affût. Les chers maîtres des lettres et du barreau défilaient devant elle. Elle cherchait dans leur regard l'éclat d'un peu d'humanité, sinon du génie. S'occupaient-ils d'autre chose que de la politique, de leur carrière, de leur maîtresse ou de leur eau de toilette ? L'homme admirable faisait-il partie de la colonie intellectuelle de l'Europe ?

Elle était incapable d'admirer un homme qui aime avant tout l'argent ou la chasse. Celui qui attache une importance démesurée aux signes extérieurs d'une réussite sociale. Elle n'admirait pas celui qui fait une différence entre les races, colorées ou non. Elle évitait l'homme marié qui cherche un rapide adultère ou une vie parallèle. Elle n'écoutait guère les discours inutiles. Comme le monde est petit quand on cherche l'homme admirable! Soumis à ces restrictions, il se réduit à quelques mètres carrés.

Nora était fascinante parce qu'elle ne voulait rien. Ni être entretenue, ni être affichée. Son indépendance effrayait les hommes, ils n'avaient pas de prise sur elle. Et personne ne devinait qu'elle dépérissait par manque de tendresse. Que serait-elle devenue si on avait découvert son point faible ?

Chapitre V

Gérard accumulait les réussites commerciales. Infatigable, toujours disponible pour les déplacements improvisés, c'était l'homme sur qui on pouvait compter, secondé par son élégante épouse japonaise.

A Paris, à New York, à Francfort, Nora était – elle aussi – de plus en plus cotée, et malgré les difficultés causées par la crise mondiale, on lui proposait contrat sur contrat. A chaque retour à Paris, elle se jurait de rompre avec son amant, mais celui-ci s'esquivait toujours au dernier moment, juste avant d'entendre la phrase irrémédiable.

Gérard, de plus en plus persuadé de son échec conjugal, observait sa femme, et se demandait s'il avait ou non une vraie raison de rompre. Le désir obsessionnel de liberté n'était-il pas le résultat de l'usure ? La vie était trop courte pour supporter encore tant d'années le thé vert, les gestes rituels, les poissons crus, la musique incompréhensible et ces gestes d'amour que sa femme subissait avec abnégation. « Pourquoi a-t-elle si peu de tempérament ? » s'interrogeait-il en pensant à ce patineur français dont les prouesses sur glace suscitaient les cris hystériques et l'enthousiasme débridé de ses admiratrices nippones. « Evidemment, je ne suis pas le champion du triple axel », conclut-il. Par moments, il lui venait l'envie de pousser un immense cri, lui aussi, un cri libérateur, et de partir à la recherche d'une femme qui correspondrait à ses goûts. Ah, une femme naturelle, sans masque, et sans ce besoin péremptoire de se soumettre aux comédies mondaines !

Les soirs de dîners en tête à tête, Gérard, sitôt le repas fini, se réfugiait dans son bureau, où il parcourait des livres qu'il se gardait en réserve, consultait ses dossiers, auscultait ses documents.

Nora, de retour chez elle à la fin de la journée de travail, prenait des longs bains, s'enduisait d'huiles rares puis, après une ultime douche, se couchait nue et s'endormait bercée par ses projets.

Gérard, seul dans son lit, vêtu d'un vieux pyjama, sombrait dans le sommeil en lâchant son livre ouvert sur la couverture.

Au moment où ils s'endormaient, au moment où ils se réveillaient, il leur arrivait de penser vaguement qu'il existait peut-être quelque part l'Autre, celle ou celui qu'on ne fuirait pas et à qui on dirait bonsoir avec l'espoir de le retrouver le lendemain.

Chacun souffrait de la proximité physique et morale d'une culture différente. La Japonaise reflétait un milieu social où, si l'on apprend jusqu'à l'âge de six ans l'art de vivre et de sourire, l'existence subit ensuite les exigences des traditions. Nora, étrangère à tous les mysticismes – l'Holocauste avait annihilé en elle l'hypothèse d'une puissance divine – devait supporter les tourments religieux d'un homme dont les revirements capricieux ne pouvaient guère laisser espérer le moindre changement.

*

Lorsque Gérard fut nommé au Zaïre, il émit prudemment, à l'intention de sa femme, la suggestion d'un départ pour Tokyo : elle y serait plus en sécurité et en tout cas elle y vivrait plus confortablement. Yoko esquissa un petit sourire et s'inclina :

– Malgré le chagrin que votre absence suscitera en moi, je trouve l'idée judicieuse. Si vous n'avez pas vraiment besoin de ma présence, je partirai.

*

Dès le début des tragiques événements du Rwanda, Nora tenta de persuader l'amant noir de partir pour l'Afrique et d'en ramener un ou deux enfants. Il avait un salaire suffisant pour les accueillir chez lui un temps indéterminé. Les enfants seraient moins dépaysés avec un père provisoire, un père de dépannage de la même couleur qu'eux. L'amant noir avait répondu évasivement. Il envoyait de temps à autre de l'argent à « Médecins sans frontières ». Son devoir de solidarité avec l'Afrique souffrante était ainsi réglé.

— Ce qui se passe au Rwanda, expliqua-t-il un jour, est la preuve que là-bas, hélas, les missionnaires n'ont pas accompli consciencieusement leur travail. Ils n'ont pas suffisamment inculqué aux Rwandais l'amour de leurs proches, fondement de la pensée chrétienne. Il n'y a que la charité et le pardon qui empêchent les tueries.

— Tu me prends pour qui, demanda-t-elle avec une apparente sérénité, pour me raconter des sottises pareilles ? Là-bas, on accordait les privilèges selon l'aspect physique. On a fait des plus beaux et des plus intelligents les dirigeants. Une minable, une atroce discrimination physique et intellectuelle est l'une des origines de cette tragédie.

— C'est plus compliqué que ça, dit-il d'un air savant. Beaucoup plus compliqué.

— Au revoir, dit-elle. Je dois travailler.

*

Un soir, l'amant noir appela Nora.

– Tu regardes les informations ?

– Non. Tu veux me parler de la météo ? Je me fiche du temps. Qu'il pleuve, qu'il vente...

– Non, interrompit-il. Ce que Claire Chazal a dit pourrait t'intéresser, toi qui aimes les chiens. Il y a plein de voleurs de chiens. On les vole partout.

– Des chiens volés ? s'exclama-t-elle. Tu m'appelles pour ça ?

– Si j'ai bien compris, il n'y a que les chiens qui t'intéressent vraiment. Au lieu de t'occuper de ton salut, tu penses aux chiens. Alors je t'appelle.

– Pas de leçon, s'il te plaît, rétorqua-t-elle. Pars pour le Rwanda enseigner la fraternité à ceux qui sont encore vivants.

Elle ajouta, agacée :

– Pourquoi on les vole, les chiens, au fait ?

– Pour les revendre. On ne vole que des chiens chers. Je n'ai pas écouté Chazal jusqu'au bout, il fallait que j'aille à la cuisine éteindre sous le riz.

Elle raccrocha.

*

Le lendemain matin, à six heures, Nora écouta les informations. En effet, les incidents se

62

multipliaient dans les quartiers chics de Paris. On présumait que les voleurs de chiens étaient constitués en commandos organisés. Neuilly et Auteuil étaient les plus visés. En mangeant une biscotte, Nora se faisait à elle-même la réflexion que, récemment encore, on volait des voitures allemandes, puis ce fut des françaises, les plus belles. Ensuite, on vida les appartements. Maintenant, on kidnappait les chiens.

Une vague de frayeur gagna les propriétaires de chiens. Les vétérinaires de luxe faisaient poser d'urgence des serrures de sécurité sur les portes d'entrée, les éleveurs se barricadaient. Les chiots de race au poil clair semblaient particulièrement exposés. La police supposait l'existence d'une association de malfaiteurs qui revendaient ces bêtes pour des expériences interdites. On supposait aussi qu'ils pouvaient être utilisés lors du tournage clandestin de films sur la fin du monde animal.

Chapitre VI

Mme veuve Yvonne Farge vivait dans des conditions matérielles douillettes, le cher disparu lui ayant assuré une vie terrestre dorée. Elle habitait un hôtel particulier à Neuilly en compagnie d'une chienne rare, grande, élancée, argentée. Une race originaire d'Allemagne. La chienne, intelligente et sensible, était la meilleure amie de Mme Farge.

Le vétérinaire qui avait la charge de soigner Princesse avait déclaré que, pour l'équilibre hormonal de la chienne, il valait mieux qu'elle soit fécondée. Comme Mme Farge voulait s'assurer des chiots précieux, qu'elle avait l'intention de choyer à la place de petits-enfants, elle chercha un fiancé pour la jolie chienne. L'accord avec les propriétaires allemands du mâle, trouvé dans une publication spécialisée, fut conclu par un avocat. Sur le plan pratique, selon l'accord signé, il était entendu que les propriétaires du mâle recevraient deux chiots de la portée, en plus de la somme d'argent versée à la signature. Mme Farge conduisit la chienne en Allemagne, près de Heidelberg, et après des adieux déchirants repartit pour Paris.

Princesse et son fiancé Walkyr, un chien au poil argenté et aux yeux bleus, commencèrent à s'observer avec méfiance. Selon les nouvelles que Mme Farge recevait par téléphone ou par télécopie, la chienne refusait l'union avec ce mâle, carré, plutôt brutal. Enfin la feuille annonciatrice de la bonne nouvelle sortit de l'appareil de télécopie : le résultat était obtenu et la fécondation – selon toute vraisemblance – accomplie. Mme Farge prit l'avion pour Francfort, gagna ensuite Heidelberg dans une voiture de location. Princesse semblait endolorie. Ses poils gardaient le souvenir d'une sueur humiliante. Elle accueillit Yvonne Farge mollement, elle ne lui pardonnerait pas facilement l'accouplement obligé ! Allongée sur la banquette arrière de la voiture, elle regardait méchamment le dos de la femme qui l'avait livrée à un mâle stupide. Elle ne l'aimait plus. Yvonne Farge lui répétait :

– C'était pour la bonne cause, Princesse. Ne sois pas fâchée, mon trésor. Et tu auras des bébés.

Consciente du fait qu'il ne fallait pas exposer Princesse à un voyage dans la soute de l'avion, Yvonne loua donc une voiture avec chauffeur pour rentrer en France.

De retour à Neuilly, elle installa Princesse dans une chambre à côté de la sienne. Elle lui avait acheté un matelas de grande qualité, recouvert d'un tissu doux et facile à laver. La chienne continuait à bouder. Toutes les femelles au monde ne sont pas obligatoirement heureuses d'être ensemencées.

Mme Farge vivait dans l'angoisse, terrifiée par l'histoire des vols de chiens. Elle avait commandé des grilles pour rehausser le mur ancien qui entourait son petit parc ; sur les poteaux en acier étaient branchés les émetteurs d'un système d'alarme sophistiqué. Le ventre de Princesse s'alourdissait peu à peu, imperceptiblement car elle avait des hanches très étroites.

Périodiquement, Mme Farge invitait le vétérinaire à dîner. Un homme charmant et bon, peu bavard. Avait-il une vie privée inavouable ? Pour ces soirées, Yvonne Farge préparait des plats raffinés et commandait des desserts chez le pâtissier de la rue voisine. Elle posait deux bougies sur la table, les allumait avec une certaine douceur. Pendant ces moments rares, à la lueur des flammes jaunes et légèrement vacillantes, elle se sentait presque belle.

Le vétérinaire, qui consultait dans le XVIIIᵉ arrondissement, évoquait souvent le loyer absurde qu'il payait pour son cabinet exigu. Mme Farge le savait depuis longtemps intéressé par le sous-sol de l'hôtel particulier qu'elle possédait. Largement éclairé par des fenêtres qui donnaient au-dessus du niveau du sol, l'espace était clair, sain et aéré.

L'homme était agréable et cultivé. Le contact de ses mains, d'apparence rude, était doux. Yvonne Farge n'avait jamais bien supporté l'amour physique. Elle trouvait les gestes vulgaires et l'homme en érection bien laid.

Au cours d'un de ces dîners – saumon fumé et salade au foie gras –, ils bavardaient tranquillement. Le vétérinaire avançait doucement sur des territoires pour le moment inconnus. Il songeait à l'innocence apparente de la veuve. Il n'excluait pas de ses projets l'éventualité d'un mariage avec elle, car il avait envie de se caser. A cinquante-trois ans, il eût aimé prendre sa retraite sexuelle, comme un sportif dont les ligaments refusent l'effort et qui change de métier. Pourtant, dans sa jeunesse, le docteur était un homme à femmes. Il les aimait passionnément. Deux fois marié et deux fois divorcé, il s'était chaque fois fait plumer par ses ex-conjointes. Dégrisé et endetté, il aspirait à une vie sage. En présence d'Yvonne Farge, il se sentait suffisamment vieux pour envisager un mariage d'intérêt : enfin il aurait, lui aussi, quelques bénéfices. Le sous-sol sans loyer. Et, à Neuilly, des honoraires plus élevés.

Il observait son hôtesse. Elle avait la cinquantaine soignée, la silhouette impeccable – pas un méchant bourrelet visible –, des cheveux blonds avec des mèches plus claires, un domicile chic et un sous-sol de rêve. Le docteur Borda se laissait aller à des élans chaleureux. Cette fois-ci, c'est lui qui emménagerait et il ne perdrait rien en cas de rupture. Il n'avait jamais eu l'occasion d'expérimenter un mariage riche. Lors de ses divorces malheureux, il répétait à ses avocats : « Je suis le seul vétérinaire qui, à ma connaissance, soit aussi une vache à lait. » Il riait jaune et seul.

— L'atmosphère est apaisante auprès de vous, dit-il à Yvonne Farge.

Celle-ci sourit et, au moment du dessert, elle posa sur la table une pelle à gâteau Louis-XVI en argent ciselé. Ah, ces détails, qui prouvaient une aisance transmise depuis des générations ! Le docteur était presque ému en regardant, dans les mains délicates d'Yvonne, un ramasse-miettes en argent gravé d'un monogramme sur le dos de la brosse.

Chaque dîner était précédé d'une visite au deuxième étage pour que le docteur examine Princesse, de plus en plus languissante.

— Elle a des nausées, elle crache des glaires.

— De l'eau. Il faut qu'elle boive abondamment.

— Je me donne beaucoup de mal pour cette chienne. Voyez-vous, elle est ma seule compagne.

— Parce que vous le voulez ainsi. Tout dépend de vous, observa le docteur.

— Quoi ? Qu'est-ce qui dépend de moi ?

— Vous pourriez avoir aussi un compagnon à deux pattes.

Yvonne Farge étouffa un petit rire. Elle appréciait l'esprit fin du docteur. Ah, s'il n'y avait pas la corvée de l'amour physique ! Enfin, si elle devait de nouveau en passer par là, elle la subirait. Les premières alertes cardiaques de son feu mari l'avaient libérée de ce genre d'exercices. L'homme était mort quand même.

Elle observa le vétérinaire. S'il fallait coucher avec lui pour qu'il s'installe dans la maison et que Princesse bénéficie d'une surveillance médicale perpétuelle, elle se sacrifierait. Pourtant, elle frissonna en imaginant le contact avec le corps de cet homme.

— Vous vouliez dire quelque chose ? demanda le docteur Borda.

Il posa sa main sur le bras nu d'Yvonne Farge. Surprise, elle constata que ce geste n'avait pas suscité en elle une violente réaction épidermique. Juste une réticence.

*

Au dernier examen, la chienne avait gémi. Borda annonça qu'il prévoyait une césarienne.

— Une césarienne ?

— Elle est étroite. Regardez son corps, ses hanches minces ; elle pourrait avoir les mêmes problèmes qu'une femme. Mais soyez rassurée : mon assistante est parfaite. L'opération se passera bien.

– Votre assistante ? Je ne la connais pas. Quel âge a-t-elle ? Je ne veux pas être indiscrète, mais l'âge peut permettre d'estimer l'étendue de son expérience professionnelle.

– Vingt-trois ans.

Yvonne Farge réagit intérieurement. Selon des théories qu'elle avait lues dans des publications destinées aux femmes d'aujourd'hui, le médecin avait juste atteint l'âge où l'homme a besoin de se rassurer par la présence d'une très jeune femme.

Elle était suffisamment intelligente – même si elle méprisait l'acte sexuel, tellement inutile – pour ne pas se montrer jalouse.

Elle prononça timidement :

– Si nous décidions de construire une vie commune, vous garderez cette assistante ?

– Elle ou une autre. Quelle importance ?

– Je ne pourrais pas vous seconder, moi ? demanda-t-elle.

– Ma chère, il faudrait que vous suiviez des études d'assistante vétérinaire.

– Ça me conviendrait parfaitement.

Le docteur embarrassé, faillit se permettre une allusion à l'âge de Mme Farge. A coup sûr, cette maladresse aurait mis fin à leur relation fragile. Yvonne Farge était une femme moderne, de celles qui avaient vaincu l'âge, qui se défendaient contre le temps, qui n'avaient pas besoin d'hommes. De celles dont l'indépendance, acquise et affichée, effrayait et déstabilisait les mâles.

Cependant, elle restait soucieuse.

— Malgré les talents de votre assistante, je regrette, je n'aurais pas dû exposer Princesse à la maternité. Pourtant, j'aurais aimé créer un élevage de cette race. J'ai tant de place et tant de temps aussi. Vous auriez été mon conseiller. Vous le serez peut-être...

Le vétérinaire s'assombrit. Si elle se mettait en tête de créer un élevage amateur, le sous-sol serait occupé.

— Il faut reconnaître, dit-il en hésitant, que vous avez de la place et un parc.

— Mille cinq cents mètres carrés à Neuilly, précisa-t-elle, satisfaite. Ce n'est pas peu de chose. Ici, mille cinq cents mètres carrés peuvent être considérés comme un parc, en effet.

Le médecin saisit l'occasion :

— Si un jour vous vouliez louer votre sous-sol à un vétérinaire, il pourrait vous seconder. Surtout un vétérinaire amoureux de vous...

Yvonne Farge rougit.

— Docteur, depuis que nous nous connaissons, je n'ai même jamais prononcé votre prénom. D'ailleurs, je ne connais que l'initiale J.

— Julien. Je n'utilise que l'initiale. Je déteste mon prénom.

71

– C'est beau, Julien. Et romantique. Julien..., répéta Mme Farge. Nous pourrions constituer une famille. Nous deux et les chiens. Julien, je vous ai toujours vu seul, je n'ai pas entendu parler d'une Mme Borda. Êtes-vous divorcé ou veuf ?

Le médecin hésita. S'il avouait qu'il avait divorcé deux fois, Yvonne Farge risquait de le prendre en grippe.

– Je suis libre, déclara-t-il. Et j'en suis heureux. Qu'importe le passé. Je n'ai jamais pensé que je rencontrerais une femme qui me donnerait envie de créer – en quelque sorte – une entreprise familiale.

Mme Farge imaginait déjà la maternité de Princesse et la présence des chiots. Elle ferait bâtir une maisonnette pour les chiens. Il faudrait aussi entamer des démarches pour obtenir les pedigrees. Des dossiers... des papiers... Compliqué, tout cela, sans aide. Le vétérinaire la surveillait.

– Yvonne..., commença-t-il. Je n'ai jamais été vraiment heureux dans l'existence. Il me semble qu'avec vous, l'avenir pourrait être souriant.

Elle leva sur lui un regard tendre.

Chapitre VII

L'été 1994 était torride. La canicule oppressait, le soleil fou s'attaquait aux stores baissés, l'astre vengeur serrait sans pitié la terre dans ses tentacules.

Nora avait décidé de ne pas partir en vacances. En quête de repos mental et physique, elle resterait chez elle, amortirait son loyer et se consacrerait à son projet : la conception d'une mode intemporelle en coton noir. Elle prendrait son temps, réfléchirait en écoutant de la musique, chercherait dans ses bibliothèques ses livres d'art qu'elle consulterait avec délice. Elle s'en inspirerait pour trouver le secret des lignes et elle dessinerait pour chaque vêtement autant de versions qu'il le faudrait.

Dès juin, son amant lui avait annoncé qu'il consacrerait un temps de réflexion à la prière et à des recherches sur les traits de caractère distinguant certaines ethnies africaines. Il avait retrouvé l'un de ses lieux favoris, une sorte de pension de famille pour solitaires pieux, où ils étaient servis et choyés par des religieuses.

— C'est certainement plus confortable que d'aider les médecins dans des camps de réfugiés au Zaïre, dit Nora. C'est moins risqué de lire dans une chaise longue que de tenir la main d'un enfant malade ou psychologiquement bouleversé.

— On aide aussi par la pensée, dit-il, buté.

La femme blanche devenait de plus en plus irritable, de plus en plus futile. Par quelle dégénérescence occidentale pouvait-elle croire que la mode est capable d'exprimer, sinon d'influencer, toute une époque ? Que la mode est un phénomène de société, ou même de l'art ?

Il se trouva désorienté lorsque Nora lui fit part de son idée : la mode en noir.

— Parce que je suis noir ?

Elle s'écria :

— La couleur noire n'est pas ta propriété. Le noir est magnifique, tu en profites. Notre différence de couleur n'est qu'un effet d'optique, en somme. Nos mentalités nous séparent, pas nos couleurs.

Ce jour-là, il partit en colère. La femme blanche n'était pas seulement intelligente et indépendante, elle prodiguait en plus des leçons antiracistes. Était-elle sincère, seulement ? Il ressentait à son égard une profonde jalousie raciale : il était jaloux du corps de sa maîtresse, il aurait aimé que les femmes noires soient comme elle. Elle avait des seins parfaits, elle. Sa vie de luxe avait préservé sa poitrine. Aucun enfant ne s'était nourri de son lait, accroché à ses mamelons éprouvés par de petites lèvres voraces. Cette femme blanche, même pas croyante, était un produit de luxe de l'Occident. Elle savait toujours tout mieux que lui, elle l'humiliait avec sa culture, ses lectures prétentieuses. Elle exigeait des manières qu'elle jugeait élégantes, elle le provoquait avec des arguments scientifiques destinés à ébranler les certitudes acquises sur la vie de l'au-delà, elle se révoltait contre l'autorité du clergé. Bref, elle choquait les principes de l'amant noir. « Elle n'est pas seulement blanche, mais juive aussi, elle a réponse à tout. Ah ! ces juifs qui ont crucifié le Christ ! Il leur en reste quelque chose ! » se dit-il, un peu honteux. Noir et antisémite, n'était-il pas lui-même le produit vénéneux de haines raciales ?

Il s'attardait souvent auprès d'elle après l'acte physique. Il savait qu'il aurait dû parler, dire quelque chose d'aimable. L'hésitation perpétuelle et la crainte d'une réaction inattendue de Nora le rendaient muet.

— A quoi penses-tu si intensément ? lui demanda-t-elle un jour.

C'était juste avant leur séparation pour l'été. Il hésita. Elle avait besoin de beaux mensonges. Elle voulait entendre des choses gentilles. Il fallait faire un effort. Elle attendait.

75

— Je pense à toi, dit-il.

Il se força à être délicat. Que c'était fatigant!

— Tu ne vas pas t'ennuyer, seule pendant quinze jours?

— Qui te dit que je serai seule?

Encore une gifle. Il se montrait compatissant, elle l'envoyait au diable.

— Notre fidélité est réciproque, dit-il. Je n'en doute pas, j'ai confiance en toi.

Elle le taquina.

— Nous avons rompu. Tu ne me dois plus rien, je ne te dois rien.

Il fronça les sourcils. La femme occidentale le dominait.

— On rompt souvent. Ce n'est pas définitif. D'ailleurs, quelle que soit ta décision, nous pouvons rester amis.

— En effet. Mais on n'a plus grand-chose à se dire. L'amitié nécessite des centres d'intérêt communs et surtout un sentiment de solidarité. Tu n'es pas solidaire avec moi.

Il ne comprenait pas. Elle continua :

— Nous n'avons jamais été amis. Nous avons été amants. Je ne désire pas, dans l'avenir, me voir réprimandée par le représentant d'un culte que je ne connais même pas. Ni lui ni le culte.

— Que veux-tu dire?

— Rien.

Elle referma la porte sur lui. L'absence de tendresse l'épuisait. Elle était loin des émotions

physiques et vaguement intellectuelles du début
de leur relation, quand elle écoutait l'histoire
d'un enfant que ses parents avaient conduit à
travers les forêts et les plaines jusque chez les
missionnaires. Ceux-ci lui avaient appris à lire
et à écrire. L'orphelin noir était devenu géologue
et professeur, puis fonctionnaire aux ordres des
oppresseurs. Son existence était vide d'affection.
Il avait développé son ego et des liens compliqués entre son Dieu et lui. Le monde pouvait
crever en attendant le résultat final de leur dialogue.

*

Un vendredi après-midi très chaud, Nora
regardait une émission de CNN International.
L'Amérique en direct. Les copropriétaires de
l'immeuble étaient pour la plupart des étrangers, des hommes d'affaires qui s'intéressaient de
près aux soubresauts de l'Histoire et aux fluc-
tuations de l'argent. Grâce à eux, l'appartement
de Nora était câblé lui aussi, si bien qu'elle pouvait choisir entre un foisonnement d'images
d'horreurs muettes ou commentées. Elle regardait l'univers, souillé de sang en ce siècle déréglé.
Un verre de thé glacé à la main, elle se voyait en
train d'habiller la mort de vêtements de haute
couture. Mais elle se reprit : il fallait s'interdire
l'idée que le noir ne sert qu'à l'expression du

deuil. Certains peuples ne pleurent-ils pas leurs morts en blanc ?

Elle se leva et entra dans son bureau. Elle jeta quelques grandes lignes sur les feuilles, mais les silhouettes résistaient. Elle réfléchit. Pourrait-elle vraiment créer quelque chose au long de trois semaines dans une telle solitude ? N'était-ce pas une erreur de rester ici ?

Dans l'annuaire, elle consulta la liste des agences de voyages, puis appela les cinq premiers noms sur la liste, pour se renseigner sur les possibilités de départ vers les pays nordiques. Une croisière dans les banquises la tenta vivement. Elle aurait aimé grelotter physiquement, avoir le corps aussi glacé que l'âme. Cinq appels et autant de refus confirmèrent ses craintes : tout était complet. Partout. Fini les rêves de gros pull, de banquises, d'apparition ici ou là de quelques phoques égarés.

Le sifflement métallique de l'ascenseur l'étonna : quelqu'un arrivait à son étage vide. Pourtant, le dernier habitant du palier était parti la veille, accompagné de sa femme et de ses deux gosses maussades, dont l'un portait une cage où croupissait un canari.

La sonnette. Par le judas, Nora reconnut la concierge de l'immeuble, une femme aimable au débit rapide. Née à Paris, elle parlait le français impeccable d'une deuxième génération d'immigrés. Nora ouvrit la porte. Mme Cortes semblait énervée. Nora reçut sa tension comme une décharge électrique.

— Bonjour, madame, je vous dérange? dit la femme aux pommettes roses. J'ai à vous parler. Si vous le permettez. Mais je dérange peut-être...

— Vous ne me dérangez pas, mentit Nora. Entrez.

Les deux femmes se retrouvèrent au milieu du hall dont les doubles portes s'ouvraient sur le salon obscur.

— Je ne sais pas très bien comment vous dire... Et je n'ai même pas le droit de vous poser ce genre de question...

— Allez-y, madame.

La concierge malmenait ses mains.

— Est-ce que vous restez ici au moins pendant quinze jours? Je veux dire, partez-vous en vacances? Oui ou non?

Elle était presque agressive.

— Pour le moment je n'en sais rien, dit Nora. J'ai beaucoup de travail en retard. Mes vacances éventuelles, je ne peux que les improviser. Je ne sais franchement pas. Pourquoi? On prévoit des travaux? Des coupures de courant?

— Non. Voilà le problème. Nous partons pour l'Espagne. La voiture est pleine, les deux enfants vont être serrés sur la banquette arrière à cause des bagages. Nous avons à peu près seize heures de route à faire.

Nora s'impatientait.

– Je compatis.

La gardienne reprit son souffle.

– Avez-vous quelque chose contre un chat noir ?

Nora crut lire dans son regard la suite de la phrase non prononcée : « ... vous qui avez un amant noir ».

– Je ne suis pas superstitieuse.

– Le chat va rester seul dans la loge. Enfin, j'appelle loge notre trois-pièces. On a de la chance d'avoir trois pièces. Vous ne trouvez pas que c'est une chance ?

– Si, dit Nora. Bien sûr. Mais qu'est-ce que je peux faire pour vous ?

– Nourrir le chat. Les chats peuvent rester seuls, madame, les chats sont des êtres solitaires, indépendants.

– Oui, vous avez raison.

– Mais ils ne peuvent pas ouvrir une boîte de conserve. N'est-ce pas ?

Nora esquissa un sourire.

– En effet.

Mme Cortes arriva enfin au but.

– Il faudrait le nourrir. Quand vous voudrez. Il n'y a pas d'heure fixe. Vous pouvez descendre à la loge selon votre convenance. Il faut changer son eau aussi. Je vais laisser dix-sept boîtes sur la table. La litière est dans l'arrière-cour, j'en ai acheté plusieurs sacs. Le chat circule par la cha-tière qui s'ouvre sur cette cour. Il revient pour manger. Je vous laisse la clé de la loge. Si vous voulez bien.

Nora, prise au piège, n'appréciait guère d'avoir la clé d'un endroit qui lui était étranger.

– Et si je partais avant que vous reveniez ?

– Vous avez de la chance, s'exclama la concierge. Vous pouvez vous décider comme ça, d'une heure à l'autre. Partir ou ne pas partir ? C'est un luxe.

Encore un peu et c'était la lutte des classes déclarée. La différence sociale. Les congés payés. Léon Blum et son chapeau.

Mme Cortes reprit, maussade :

– Dans l'immeuble voisin, un Albanais et sa femme remplacent le concierge espagnol. L'Albanais prendrait le chat à sa charge si vous deviez quitter l'immeuble. Mais ces gens n'aiment pas les chats. Ils seraient capables de l'oublier. La vie est très difficile chez eux. Un chat à nourrir, quelle importance ?

Plus l'existence est pénible, moins l'animal compte. C'était vrai. Tandis qu'elle, femme choyée par le destin, créatrice de haute couture et accoucheuse de pensées nobles, elle, pourrait-elle refuser à un chat le privilège d'être soigné comme un humain ?

La concierge guettait sa réaction.

– Si vous descendiez faire sa connaissance ? Il n'est pas peureux, mais il vaut mieux qu'il vous voie avec moi. Il est méfiant. Un chat de gouttière risque sa vie tous les jours.

– J'arrive, dit Nora. Attendez-moi une seconde...

Elle longea le couloir qui conduisait vers les chambres. Dans l'obscurité tiède, elle sortit de l'armoire une grande chemise de coton, trouva ses sandales et revint dans l'entrée.

– Allons-y.

Dans l'ascenseur, elles ne se regardèrent pas. On lui avait demandé de soigner un chat pendant quinze jours, rien d'autre. L'ascenseur s'arrêta en répercutant un petit choc. Les portes métalliques fraîchement révisées s'ouvrirent lentement.

– Quand il n'y a personne chez moi, je ne prends pas l'ascenseur, dit Mme Cortes. En cas de panne, je resterais coincée. Qui m'aiderait ? Je parle en période de vacances.

– Et votre mari ?

La concierge haussa les épaules.

– Il part le matin. Il revient juste manger le soir.

Un chat mange, un homme dîne. Nora se rappela un épisode ancien : « Votre sophistication vous perdra », lui avait dit un diplomate qui avait la mauvaise habitude de chercher les débris de nourriture avec son petit doigt le long de son dentier. Il avait continué, tout en explorant ses cavités : « Chère amie, l'époque n'est plus celle des raffinements. Depuis que la gauche est au pouvoir, le caviar, on le mange à la louche. » Elle

82

avait détourné la tête. Le diplomate ne l'avait plus rappelée.

La concierge avait à sa disposition trois pièces précédées d'une petite entrée où elle prenait le courrier et recevait les gens en quête de renseignements. La porte de l'étroite cuisine était munie d'une chatière. Celle-ci assurait le passage vers la cour. Une assez grande chambre à la fenêtre protégée par des barres de fer s'ouvrait sur cet espace. Sur les poubelles. Mme Cortes avait voulu y installer des plantes en pots, mais elle avait dû abandonner le projet : les plantes dépérissaient par absence de lumière.

– Entrez, madame.

La concierge referma la porte et appela le chat. Aucun mouvement.

– Je n'ai pas l'habitude des chats, dit Nora presque timidement. Je ne connais que les chiens.

– Lui, ce n'est pas un chat de race, expliqua Mme Cortes. D'habitude, il vient quand on l'appelle. Il sait qu'on n'a pas le temps de le chercher et que, s'il ne répond pas, on le laissera tomber.

L'attente se prolongeait. Mme Cortes entra dans la chambre, s'agenouilla devant le lit et glissa le bras dessous pour extirper le chat. L'animal se cramponnait à la vieille moquette. Le chat de gouttière porte dans ses gènes l'angoisse héréditaire des agressions. Il a toujours peur qu'on le jette, qu'on l'abandonne, qu'on le tue. La concierge réussit à l'attraper. Elle se releva en le serrant sur sa poitrine.

– Regarde la dame. Elle est gentille, la dame. La dame va te donner à manger.

Nora étudiait le problème du chat noir. La concierge surveillait ce premier contact.

– Je l'appelle Lune. Il a des yeux couleur de lune. C'est un gentil chat, madame. Vous voulez le prendre ?

« Il va me griffer, c'est sûr », pensa Nora. Le chat se cramponnait à la concierge, ses griffes se plantèrent dans le chemisier léger. La femme retint une exclamation de douleur, elle ne voulait pas effrayer Nora. Elle esquissa une grimace :

– Il est craintif avec les inconnus.

– Est-ce qu'il a un lit, ce chat ?

– Un lit ? Non. Quand ça lui chante, il dort sur notre lit, à mes pieds. Pas sur ceux de mon mari. Lui, il n'aime pas les animaux. Il le pousse et le chat s'en va ou vient se coller contre moi.

– Il faut que je lui achète un lit, insista Nora.

La concierge fit non de la tête.

– Pas la peine. Il trouvera un coin si vous l'installez chez vous. Ah oui, avant que j'oublie. Je vous signale : l'Albanais viendra s'occuper des poubelles.

– Encore heureux, répondit Nora. Vous êtes vraiment sûr qu'il ne pourrait pas prendre soin de Lune ?

Le chat se tourna vers elle. Nora eut l'étrange impression que le chat avait compris la phrase. « Elle voudrait déjà se débarrasser de moi », disaient les yeux de l'animal.

– Je n'aime pas l'idée que l'Albanais entre chez moi, précisa Mme Cortes. Sauf s'il n'y a vraiment aucune autre solution. Si vous devez partir, vous lui passerez la clé vous-même.

– Bien, résuma Nora. Je vais nourrir Lune et, en cas d'imprévu, je m'adresserai aux Albanais.

La concierge avait tout préparé pour le jour de son départ. Nora descendit donc à la loge le lendemain, en fin d'après-midi. Le chat était caché, sa nourriture restée sur l'assiette. Il faisait la grève de la faim. Nora l'avait repéré et, quand elle voulut le caresser, le chat s'esquiva. Plus le bras de Nora s'allongeait, plus le chat se plaquait contre une paroi difficile d'accès. Enfin, il s'esquiva, aplati. Nora se surprit à genoux, devant le lit de la concierge, le bras tendu à décrocher l'omoplate. « Chat, chat, répétait-elle. Je veux te caresser, espèce d'idiot. Je ne suis pas un ennemi, crétin, va ! Quand on veut faire du bien, on se retrouve toujours cocu, ridicule. Je vais te laisser tomber, chat stupide. Ah, un chien... Un chien serait différent. »

Désormais, elle nettoyait la gamelle, elle jetait tous les jours le reste de la nourriture dans des sacs en plastique, elle faisait couler l'eau afin que ce chat si peu aimable ait une boisson fraîche.

Paris se vidait comme un sablier. L'amant l'appela un soir, juste pour lui dire bonjour et lui demander si elle voulait qu'il revienne de sa banlieue pieuse. Il avançait dans son étude sur les ethnies moralement dépendantes du colonialisme. « L'hypocrite, pensa Nora. Il reconnaît donc avoir été – lui aussi – colonisé. Pourtant, il continue à pratiquer l'autodestruction. »

– Je pourrais m'installer chez toi. Pour travailler.

Elle se sentit aussitôt baignée dans leurs transpirations, perdue dans d'interminables étreintes et souffrant du manque de communication.

– Non. Je préfère rester seule.

– J'ai envie de toi, insista-t-il.

Cette phrase représentait pour lui un effort extrême. Un relâchement de son contrôle mental. Comme un abcès ou une grippe, il couvait son péché.

– Si nous nous aimions, ce serait différent, dit-elle. Mais tu n'aimes que ta religion et ses principes ; moi, je ne voudrais que de la tendresse.

– Et notre amitié, qu'en fais-tu ?

– Si l'hypocrisie tuait, tu serais mort depuis longtemps. Toi et moi, hélas, ce n'est qu'une affaire de sexe. Je n'en veux plus.

Une fois de plus, il était en retard d'une phrase.

— Tu m'as reproché un manque de solidarité. A quoi faisais-tu allusion ?

— A une fête de Noël. Depuis des années, pour moi, c'est un moment pénible. J'ai connu des Noëls heureux avec mon mari. Tellement heureux que maintenant le vide me tue. Je te l'ai dit cent fois, pour être sûre que tu comprennes. Tu m'as laissée seule cette année. Tu es parti prier.

Il se racla la gorge.

— Justement, j'ai prié pour tu ne sois pas triste. Je savais que tu avais ce genre de problème. J'ai sollicité pour toi la grâce de Dieu.

— Tu me dégoûtes, dit-elle. Ce n'est même pas sûr que tes semblables te demandent tout ce cinéma. Je crois que tu en rajoutes, parce que tu es paresseux. Il est plus facile de chanter à l'église que de consoler une femme qui pleure.

— Tu ne peux pas comprendre la joie religieuse de la fête de Noël. Tu vis sans religion. La naissance de Jésus, pour toi, ça ne signifie rien ?

— Ma cathédrale est la nature, répondit-elle. Ma religion serait la solidarité. Bref, terminons-en ! Je ne vais pas empoisonner la canicule avec les réminiscences d'un chagrin de Noël !

Elle raccrocha. La sonnerie retentit une demi-heure plus tard. Elle décrocha avec violence.

– Fous-moi la paix !

– C'est la concierge, madame. J'appelle de Séville.

Séville. Lointaine beauté. Pour un défilé de mode, là-bas, elle avait conçu des robes en carmin et mauve. Ses mannequins, des beautés payées très cher, virevoltaient en s'amusant à prononcer quelques « Olé » sans trop de conviction. Elles avaient de grands peignes piqués dans des chignons postiches, pour faire « couleur locale ».

– De Séville ? répéta-t-elle. Il fait chaud ?

– Très chaud. Comment va Lune ? Il ne vous donne pas trop de travail ?

– Il se cache.

– Il faut lui parler doucement. On ne dirait pas, mais il a besoin de mots doux. Merci de tout ce que vous faites pour lui. A vrai dire, il est un peu lunatique.

Tout de suite après l'appel, Nora descendit à la loge. Pour encourager le chat à se montrer, elle s'assit dans la petite salle à manger, marmonnant des mots aimables. Une télécommande gisait sur la table, elle la fit fonctionner. En quelques secondes, le chat apparut, attiré par le son auquel il était habitué. Nora voulut le caresser, le chat s'aplatit pour échapper à la paume étrangère. Il s'installa plus loin, se mit à frotter son museau avec sa patte droite.

– Viens, Lune. Tu es la plus belle Lune au

monde. Tu t'appelles Lune mais tu es – en vérité – un bien beau matou.

Elle l'imaginait sur les toits argentés de rayons de lune. Elle l'imaginait dans *Cats*, une comédie musicale qu'elle avait vue à Broadway, à Londres, partout où elle était présentée.

Le chat observait Nora tandis qu'elle prenait la gamelle pour la rincer. Elle y mit le contenu d'une boîte, changea l'eau et jeta la litière dans un sac à poubelle. Elle évoluait dans la loge comme chez elle. Lorsqu'elle approchait Lune, le chat reculait. Soudain, elle l'entendit ronronner. Premier signe d'armistice.

Dorénavant, le chat l'attendait, assis face à l'entrée de la loge. Il ne fallait pas manquer les rendez-vous.

A la fin du cinquième jour, elle décida de le monter chez elle. Lorsqu'elle le posa sur le parquet de l'entrée, le chat émit le son d'un accordéon qu'on lâche. Un son désaccordé, triste. Puis il partit découvrir l'appartement – l'investigation prit plusieurs jours.

Il entrait dans chaque pièce, dans les armoires aux portes juste entrebâillées. Au cours d'une tournée d'inspection, un après-midi paisible, il atterrit après un saut périlleux sur le plateau d'une commode, une vraie pièce de musée. Il traversa l'espace couvert d'objets anciens. Funambule, prestidigitateur ? Une présence.

Le premier soir, pour ne pas le désorienter,

Nora entrouvrit la porte de sa chambre. Elle allait s'endormir lorsque le chat sauta sur la couverture légère. Nora n'osa plus bouger. Elle avait l'habitude des collisions des corps, des chocs à répétition, des délires provoqués par le rythme incessant d'un corps dans le sien. En comparaison, le chat noir dans le noir était une apparition féerique.

Il cherchait sa place. Il s'allongea contre le flanc de Nora, bien étiré. Il couvrait Nora des hanches jusqu'à l'épaule. Ses pattes étendues en longueur semblaient se perpétuer dans l'espace comme dans un conte fantastique. « M'aime-t-il pour moi ? se demanda-t-elle. Ou veut-il juste une présence humaine ? »

Désormais, elle restait davantage chez elle et dessinait sous l'œil attentif du félin. Lorsqu'elle l'appelait, Lune approchait et tendait le museau pour la renifler. A peine un effleurement. Juste l'esquisse d'un contact.

Paris était désert. Les relations – que l'on appelait « amis » – sombraient dans le silence. Nora avait définitivement rangé les prospectus concernant les croisières dans les banquises; quand elle avait dessiné des heures et des heures, elle partait découvrir Paris livré aux touristes.

Dans la foule indifférente, elle se contentait de bribes de phrases dans toutes les langues. Elle se trempait les pieds dans les bassins du Trocadéro, elle contemplait ses jambes longues, fuselées, parfois dénudées jusqu'à mi-cuisse.

Engourdie par la chaleur, le corps mou, les muscles relâchés, elle goûtait sa liberté. Elle se sentait sur une autre planète : plus de stress, plus de rendez-vous, un néant molletonné. A la maison, elle se promenait dévêtue. Le soleil s'infiltrait et, parfois, le chat était tigré de soleil, chat tigré de bonheur. Chat bariolé d'or.

Au début de sa vie commune avec le chat, Lune la réveillait, il arrivait vers elle, l'arrachait d'un demi-sommeil en sautant sur le lit, puis l'apaisait, allongé à côté d'elle. Parfois, décidé à rester sur le balcon, il fixait de ses yeux clairs la lune presque blanche.

Un soir le téléphone retentit :

– Il fait chaud, susurra l'amant. Tellement chaud ! Tu veux que je vienne ?

– Tes pulsions te font souffrir ? demanda-t-elle, savourant sa cruauté. Eh bien, souffre.

L'amant était fidèle par égoïsme. Il considérait leur liaison comme une étrange union, illégale par rapport à sa religion, mais sécurisante. Son directeur de conscience multipliait les reproches : cette relation fondée sur le péché était condamnable, mais il n'exigeait pas encore la rupture complète. Il aimait bien son fidèle noir, si candide. La crédulité de cet homme proche de la cinquantaine réveillait ses fantasmes, lui qui aurait aimé être missionnaire il y a cent ans.

– Pas de pulsions, dit l'amant au téléphone... Juste un échange...

— De quoi ?

— J'ai tout simplement envie de te retrouver, expliqua-t-il, désemparé.

Cette femme si blanche attachait une importance abusive aux mots.

— Tu veux faire l'amour ? provoqua-t-elle. Dis-le.

— Je voudrais te serrer dans mes bras.

— Et ensuite ? Continue ! Exprime-toi ! Clairement.

— Juste venir. On verra après.

Elle répliqua :

— Après ? C'est quoi, après ? Me parler du colonialisme ou m'étreindre ? Non. Je ne veux ni de discours intello, ni d'acte que tu appelles « intime ».

— On ne dit pas ce genre de choses. Tu connais ma nature réservée.

— Je ferme la boutique. Notre sex-shop privé, j'en ai marre ! conclut-elle. Je mets officiellement fin à notre relation.

— Qu'est-ce que tu voudrais ? prononça-t-il d'une voix éteinte.

— La tendresse. L'amour avec les mots.

Elle raccrocha et débrancha la prise du téléphone. Il tambourinerait sur les parois du néant. Il ne l'aimait qu'au moment où elle lui échappait. Il la voyait sublime quand elle était loin, elle lui manquait lors des ruptures. Proche, elle était blanche, donc adversaire. Les sentiments qui l'agitaient, hybrides, non définis, rugueux, le bouleversaient. Il voulait s'adapter à l'Occident, il se pliait aux règles de ce qu'on appelait « la civilisation », revers de veste bien lissé, voiture, journal de sport, vie ordonnée. Et Dieu. Samedi à dix-huit heures. Dimanche matin, il dormait. Avant les fêtes, les confessions, des « Mea culpa », des « Ave ». Et la promesse de ne plus succomber aux tentations de la chair. Un manège. Il tournait en rond.

Le lendemain, un jour torride, plus torride que la veille, Nora était partie acheter des jouets au chat. Elle revenait chargée, elle avait dans un sac des souris, de petites balles sonores, des chenilles multicolores qu'on fait bouger à l'aide d'un long cordonnet. Le soir tombait, comme si le ciel en avait assez d'alimenter une fournaise. Elle prépara une salade dont elle avait lavé les feuilles dans l'eau vinaigrée avec un soin méticuleux. Elle avait conscience de sa nudité – elle portait juste un slip et un soutien-gorge. D'un coin, le chat surveillait l'alignement des boîtes. S'il avait pu choisir, il aurait opté pour du veau et du poulet mélangés.

Dans cette ambiance de solitude voulue, sinon acceptée, elle imaginait l'homme qu'elle aurait souhaité auprès d'elle en ce moment. De taille moyenne, les yeux clairs, sans cravate mais pas en jean, comme le font les vieux qui veulent paraître dans le coup. Il serait de retour d'un congrès. Médecin, il chercherait à combattre un virus depuis dix ans. Célibataire ? Non. Veuf ? Non, trop de réminiscences. Divorcé ? Oui. L'erreur est humaine, pas le chagrin. Il viendrait avec douceur, il dirait que la fleuriste du coin est fermée – ce n'est que partie remise, les roses. « Tu permets, je prends une douche. » Il viendrait la retrouver ensuite, ils prendraient un repas léger à la cuisine, si jolie, avec vue sur le parc – due au hasard, cette vue. Et puis, le dialogue. Mille détails racontés. Des paysages aperçus lors de ce déplacement, juste une remarque concernant la plus récente biographie d'un penseur quelconque qu'il avait emportée pour les longues heures de vol. « On édite un grand nombre de fumistes », dirait-il. Elle résumerait l'essentiel de ses rencontres, ses idées, elle lui montrerait ses dessins, puis au lit, la tête sur l'épaule de l'homme, elle écouterait des mots doux, accompagnés de gestes doux.

Le chat atterrit sur la table. Elle avait oublié le chat.

– Mais oui, j'ouvre la boîte, dit-elle sans quitter l'homme idéal qui occupait sa pensée.

Elle servit au chat une ration copieuse de poulet en sauce coupé en cubes. La sonnette retentit. « Une lettre express ? se demanda-t-elle. Une boîte magique délivrée par porteur spécial ? » Elle jeta un coup d'œil par le judas : son regard se fixa sur le visage de son amant. Le palier était assez éclairé, pour qu'elle discerne les veinules rouges qui traversaient le blanc des yeux de l'homme tourmenté. Elle détacha la chaîne, ouvrit la porte. L'amant était net, la peau impeccable, il devait sortir de sa douche ; sa chemise était fraîche et ouverte sur le cou d'ébène. Elle le fit entrer. Le chat se réfugia immédiatement sous le canapé du salon. L'amant referma la porte derrière lui, prit Nora dans ses bras, vindicatif. Son amour-propre était infiniment plus froissé que l'aurait été un amour vrai. Comme d'habitude, il se crut obligé de la sermonner.

— Tu ne devrais pas ouvrir la porte presque nue !

— En quoi ça te regarde ? C'est ma porte, c'est mon corps, c'est la canicule. Qu'est-ce que tu veux ?

— Je passais dans le quartier, je te fais une petite visite.

— Je peux t'offrir un verre. Pour le reste, c'est fini, dit-elle. Une liaison est comme un bail ; on le dénonce. C'est fait.

— C'était une belle relation, dit-il, désemparé.

— Sans doute. Et très confortable. Pour tout le monde.

Elle pensait aux moments interminables au lit, à leurs voyages dans l'univers du plaisir. Et il appelait ça « belle relation ». Du mot « liaison » se dégageait sans doute une odeur de soufre.

Sur le parquet du salon gisaient des objets, des

souris de toutes les tailles, poilues ou lisses, des petites balles légères. Lune traversa ce terrain de jeu pour chat choyé. Lui, prolo élégant de naissance, méprisait ces joujoux pour gosses de riche. Il donnait des coups de patte légers, juste pour se frayer un passage dans cette débauche. Puis il avisa une petite boule de papier froissé qu'il se mit à pousser devant lui.

— Il y a une émission politique qu'on pourrait regarder ensemble. A vingt heures quarante-cinq. C'est bientôt les élections.

Avec un sérieux qui aurait mis en rage même le plus amateur de plaisanteries de mauvais goût, elle osa dire, gênée par sa bêtise volontaire :

— Tu veux parler d'élection ou d'érection ?

— Quel langage cru! soupira-t-il. Pour une femme...

Et voilà, on jouait au macho.

— Crue. Oui, je suis crue. Et toi, tu es en grave danger de tentation. Quelle épreuve de vouloir me séduire, n'est-ce pas ? Pour réussir, il faudrait aimer, être vrai, abandonner l'hypocrisie, m'apporter une rose et *Le Canard enchaîné*. Trouver tout cela, maintenant...

Mal à l'aise, il s'attardait, il n'était pas sûr qu'elle plaisantait, il cherchait une solution intermédiaire. Il voulait vaincre cette femme qui tenait plus aux mots qu'aux actes. Il avança vers elle. Il n'avait pas la souplesse des Noirs améri-

96

cains dont chaque mouvement est un pas de danse, un fragment de comédie musicale. L'amant africain marchait d'un pas lourd, sa peau était soyeuse mais pas ses gestes. Il la saisit. Il voulait la prendre sur le parquet du salon. Elle le repoussa :

— Tu es ridicule. On n'est pas dans un film X. Laisse-moi la paix.

— Tu ne peux pas refuser, dit-il. Pas ce soir.

— Si, fit-elle. Je refuse avec jubilation. Sois glacé, imperturbable, détaché de ces détestables plaisirs terrestres, pense à ton salut...

— Tu te moques de moi ?

— Oui.

— Tu attends quoi de la vie ?

— Ne pas vieillir avec toi.

— Qui parle de vieillesse ?

— Moi, répondit-elle. Il me reste un peu de temps pour rencontrer un homme délicat et doux.

— Blanc, compléta-t-il.

— Tu es désespérant, bouché. Le cerveau bouché, s'exclama-t-elle. Ce n'est pas une question de couleur, mais de structure intérieure. Je veux un héros. Un homme capable à la fois de diriger, d'inventer et d'aimer. Et je veux de la tendresse.

Elle partit vers sa chambre, se vêtit d'un tee-shirt large, un XL acheté au marché. De retour au salon, elle s'assit sur un fauteuil Louis-XV. Ses longues jambes s'exprimaient aussi en liberté.

97

– Pour que tout soit clair, je te dis les choses clairement, quitte à être désagréable. Je ne veux plus que tu me confesses, que tu ailles raconter tout ce qui se passe entre nous en quémandant l'absolution. C'est ton droit, d'accord, mais je ne veux plus être le sujet principal de tes tourments. Je respecte ta religion, il faut qu'elle me respecte aussi. Au début de notre liaison, tu ne m'as pas parlé de tes préoccupations mystiques. Je me serais méfiée. Mais je n'ai pas imaginé que je pourrais être exposée à des attaques.

– Quelles attaques?

– Ton directeur de conscience m'a téléphoné en me sommant pratiquement de rompre avec toi, sinon de t'épouser religieusement, tout cela pour assurer le salut de ton âme.

– Il t'a appelée? dit-il, désemparé. Il n'aurait pas dû.

– Tu as parlé de moi, tu as sans doute décrit ma personnalité morale et physique, tu m'as livrée à un inconnu. Tu m'as embarquée malgré toi dans un système de croyance qui m'est étranger. Plus jamais tu ne me toucheras.

Décontenancé, il tenta de défendre son père spirituel.

– Il était guidé par de bonnes intentions. C'est dans ton intérêt aussi.

Elle se leva.

– Quoi? Dans mon intérêt... quoi? Si tu étais bouddhiste, je devrais me raser le crâne et m'habiller en couleur safran ? Je n'ai pas envie de me décarcasser à des explications si inutiles. Ni de te voir, ni de t'entendre, ni d'analyser quoi que ce soit.

Le chat apparut. Il eut un mouvement de recul. Le dos bombé, il avança de côté, en crabe : c'était sa façon de protester contre la présence imprévue.

— Depuis quand as-tu ici cet animal ?

— Le chat de la concierge ? Je l'ai invité.

— Tu as invité le chat de la concierge ?

— Mais oui, dit-elle. Pour rendre service. J'adore les animaux...

Il marchait en long et en large dans le living-room.

— Au fond, c'est très bien, l'idée de la rupture. Ça m'arrange. Je serai très occupé par des réunions politiques tenues par quelques groupes de chez moi réfugiés en France. Les semaines futures seront déterminantes pour les prochaines élections.

— Tant mieux, dit-elle. Si tu peux te rendre utile, tant mieux. Occupe-toi. Donne un sens à ta vie.

Il perdit patience.

— Avant que je parte, qu'on en termine vraiment, on va au lit, chérie ?

Ah, que ce « chérie » lui allait mal ! Ce n'était vraiment pas son style. Difficilement, comme s'il avait une boule dans la gorge, il prononça :

— Je t'aime.

— Tu m'aimes? Tu crois m'aimer avant
l'amour, après tu tombes dans un état de tristesse profonde. J'en ai assez de tes crises. Ne
m'aime pas!

   — J'ai soif, dit-il. Il fait très chaud dehors.

Elle ne supportait pas que l'Africain se
plaigne de la chaleur parisienne. C'était injuste,
il avait le droit lui aussi d'avoir chaud, mais elle
s'emballait, elle lui en voulait. Il l'agaçait. Elle
revint avec une bouteille d'eau minérale glacée et
deux verres. Il but avidement.

   — J'ai rompu moralement avec toi, dit-elle,
après la dernière fête de Noël.

Il l'interrompit :

   — Il fait trente-huit degrés à l'ombre. Et tu
me parles encore de Noël? Tu te répètes.

   — Pourtant tu es mort le soir de Noël.

Il fronça les sourcils.

   — J'avais une semaine de vacances. J'ai pu
m'inscrire pour une retraite consacrée à la philosophie chrétienne. C'était l'unique occasion pour
moi...

Il vida son verre.

   — Je, je, je... Moi, moi, moi... Le monde
n'existe que pour toi, cria-t-elle.

   — Je t'ai appelée le 25 décembre au matin
pour te souhaiter un bon Noël.

   — J'ai pleuré ce matin du 25 décembre.

   — C'est vrai, acquiesça l'amant. Je t'ai

demandé : « Pourquoi tu pleures ? » Et tu m'as répondu : « Parce que je suis toute seule toute cette horrible journée. » J'ai prié pour que le ciel t'apaise.

— J'ai pleuré quand même, dit-elle. J'ai pleuré.

Il voulut trouver une perfidie sournoise, spécialité occidentale. Il voulait blesser avec des sous-entendus. Il croyait avoir appris la méthode des vacheries subtiles.

— Nous, en Afrique, nous n'avons pas de problèmes de solitude. Les familles vivent très proches les unes des autres. Les enfants circulent entre les cousines, les cousins, tantes, oncles et on ne laisse jamais seule une femme qui aurait perdu son mari. C'est peut-être ta faute aussi, cette solitude.

— Tu sais ce que c'est, l'Holocauste ?

Il fit une légère grimace.

— Évidemment. On parle si souvent des juifs. D'ailleurs, on ne parle que d'eux.

Soudain, elle le méprisa.

— Tu trouves qu'on parle trop d'eux ? Pourtant, les victimes sont silencieuses. Enterrées. Elles ne font pas de réunions familiales, elles. Je suis la fille d'une adolescente rescapée de la rafle du Vél'd'Hiv. Mon père, un juif d'Europe centrale, a juste traversé la France, le temps de m'engendrer, et il est parti pour Israël. L'Holocauste s'est chargé de mes grands-parents et le cancer de mon mari.

Il haussa les épaules.

— Que veux-tu que j'y fasse ? Il faut être philosophe. La mort fait partie de la vie. Tu aurais pu te lier à quelqu'un... si tu étais moins difficile. Même te remarier. Mais avec ta façon de vivre, c'est difficile aussi.

— Pas besoin de leçon, dit-elle en étouffant une méchante montée de larmes.

L'amant se trouvait sur un terrain dangereux. Cette femme, ce prototype de l'Occident dégénéré, subissait sa prétendue détresse d'une manière hautaine, agressive même.

— Ce n'est pas un chien qui résoudra tes problèmes, ajouta-t-il, téméraire par inconscience. Un chien ne remplace pas la famille.

— Ne touche pas au chien, dit-elle. A l'idée du chien. Tu n'as pas le droit de parler de mon chien.

— Tu ne l'as pas encore. Celui que tu as eu, tu as été obligée de le donner, tu sais bien.

Toujours au premier degré. Dans l'immédiat des phrases. Des mots sans relief. Un dialogue sur une corde raide. Sans filet. Si on tombe, on s'écrase.

— Je te répète que la solution n'est pas le chien.

Elle le regardait en réfléchissant. Il y avait sur la table une corbeille en osier avec un arrangement de fleurs séchées. Ah, les prendre. Les soulever avec grâce et les envoyer en pleine figure de l'amant. Jeter, casser, écraser, exploser.

— Si tu partais, susurra-t-elle. Dans ton intérêt.

L'homme en face d'elle n'existait plus, il
devait disparaître. Il hésitait. Elle pensait vaguement qu'on pouvait sans doute se débarrasser
plus rapidement d'un amant blanc que d'un
amant noir. Dans les discussions violentes, il
jouait de sa couleur, il considérait chaque mot
hostile comme une manifestation de la différence
qu'elle refusait, mais qu'il éprouvait, lui, comme
le symptôme d'une maladie.

— Un chien sera malheureux avec toi, insista-
t-il méchamment, enfermé dans cet appartement
ou couché à tes pieds au bureau. Et tes voyages...
As-tu pensé à tes voyages ?

Il voulait démolir le chien. L'idée de refuge
qu'était le chien. Il ne voulait pas qu'elle soit
heureuse. Il la haïssait parce qu'elle était
blanche, qu'elle se croyait supérieure. Et juive
par surcroît. C'était trop.

— Au revoir, dit-il. A bientôt.

Nora referma la porte doucement et tourna
deux fois la clef dans la serrure.

*

Elle alla à la cuisine et se mit à couper en
petits morceaux une belle tranche de jambon.
Lune vint grignoter quelques débris. Elle le prit
dans ses bras.

– Lune, je t'aime.

Elle aurait souhaité une manifestation d'affection. Mais le chat n'était pas sentimental. Il restait fidèle à lui-même. Un félin franc. Or ce n'était pas son heure de câlins. Il se dégagea avec un grand saut en marquant d'un coup de griffe l'épaule de Nora, et partit se cacher quelque part dans l'appartement.

Chapitre VIII

C'étaient des raisons profondes qui avaient obligé Gérard à quitter l'Afrique au moment des événements du Rwanda. A la fin de la guerre d'Algérie – il avait quinze ans – il était hébergé depuis deux ans chez de lointains cousins de son père, pendant cette guérilla où soldats français et combattants algériens s'entre-tuaient. En revenant à la maison, un soir, il avait découvert quatre personnes mortes, quatre personnes massacrées. Il ne lui restait de la famille que cette vision d'horreur ineffaçable et dont il n'avait jamais pu se guérir. Pendant toute sa jeunesse, persécuté par des cauchemars, il craignait et haïssait la violence. Ses mariages hâtifs s'expliquaient peut-être aussi par son besoin d'une présence auprès de lui. Être à deux. Une illusion. Il camouflait sa vulnérabilité. Un homme écorché est une proie, n'importe quel arriviste le piétine facilement.

Lorsque la migration des réfugiés rwandais se

transforma en vagues déferlantes, Gérard en trembla. Aucun de ses subordonnés ne soupçonna ces faiblesses admirablement déguisées en colères passagères. Il avait seulement le débit plus rapide, le ton plus sec. Il claquait les portes brutalement. C'étaient les seuls signes extérieurs de sa nervosité.

Ces bâtiments de l'International Petrol Company se trouvaient proches de la frontière entre le Zaïre et le Rwanda. Les descriptions des attaques à la machette plongeaient Gérard dans une terreur froide. Il se couvrait de sueur. Redoutant au-delà de tout la foule, la puissance de la colère et du désespoir qui soulevaient les masses, il avait convoqué ses employés pour leur soumettre l'éventualité d'une évacuation provisoire.

L'équipe de travail fut désorientée par cette proposition inattendue et, pour des gens sans expérience de la guerre, non motivée. Le personnel se montra discipliné et compréhensif, mais derrière son dos, il traitait Gérard de lâche et de dégonflé. Celui-ci ne pouvait plus attendre. Sans penser aux conséquences possibles de son geste, il avait appelé la direction de Paris et sous prétexte des malaises – qu'il avait attribués à une obscure maladie tropicale –, il sollicitait l'autorisation de rentrer dans la capitale et de déléguer ses pouvoirs. Il fut mal reçu. « Vous m'étonnez, Martin ! Qu'est-ce qui vous arrive ? » Son supérieur direct ne croyait guère aux ravages d'une fièvre soudaine. La conversation était tendue. Bientôt, il traita Gérard d'hypersensible et le mit en garde contre un départ qui ressemblait à une désertion. Gérard renonça à décrire les symptômes classiques d'une maladie tropicale banale. Il se tut. Il avait compris que la fuite signifiait la fin de son ascension. Confiant la direction à l'un de ses adjoints, il se fit conduire par son chauffeur zaïrois vers le plus proche aéroport, à Kigali. Il espérait qu'à l'occasion de l'opération Turquoise, on le prendrait – pratiquement sans bagage – à bord d'un avion militaire. Il semblait malade. Pâle, couvert de sueur, les mains incertaines, il souffrait de visions d'horreur. Il devait partir.

La voiture se frayait un passage, à dix kilomètres à l'heure, à travers l'une des plus grandes misères humaines dues à la haine raciale. Gérard se sentait lâche, donc coupable, et de surcroît malade. Tassé sur le siège à côté du chauffeur, le visage caché derrière des lunettes noires, il repensait à l'un de ses camarades de classe tué devant lui, au cours d'une descente effectuée par un groupe contre ou pro-révolutionnaire, près d'Alger. On lui avait littéralement ouvert le ventre. C'était l'ultime période d'une lutte où les massacres se perpétraient à l'arme blanche.

*

Il aurait suffi d'un mouvement de foule, d'une crise de colère ou de désespoir des réfugiés, ou bien d'un instant de rage vengeresse, pour qu'on l'extirpe de la voiture et qu'on le massacre. Il le savait. Et il était conscient qu'il mourrait pour des erreurs commises depuis des décennies par une colonisation aussi aveugle que l'était la haine déchaînée ici.

Il pensait avec une amertume de plus en plus vive à sa courte biographie. Son père, résistant de la première heure, avait été exécuté par les Allemands et sa mère déportée. L'enfant, oublié lors de l'arrestation des parents, fut sauvé par des voisins qui l'avaient entendu pleurer. Faiblement, comme un miaulement de chat. Sa tante, qu'on avait alertée, l'avait déposé dans un orphelinat d'État. Adolescence solitaire, terminée par les deux années chez les lointains cousins d'Alger. Le lycée d'Alger et l'horreur ensuite. De retour à Paris, de nouveau seul, Gérard avait survécu grâce à différentes bourses. Son passé administratif était un dossier chargé de certificats de décès, de déclarations d'abandons et de rapports rédigés par des assistantes sociales. Et des photocopies de ses résultats brillants aux examens.

La lenteur du véhicule qui l'emmenait à l'aéroport le soumettait à une vraie torture. Il traversait l'enfer. Il apercevait au pied des collines des cadavres jetés pêle-mêle. Les soldats français soulevaient avec des grues les corps qu'ils entassaient dans des fosses communes. Ici, se déroulait l'un des plus grands enterrements collectifs que le monde ait connus depuis la Deuxième Guerre mondiale. La voiture avançait pas à pas dans un monde halluciné, où les encore vivants s'exprimaient par leurs mains tendues qui gesticulaient, quémandaient, suppliaient. La voiture progressait avec une lenteur exaspérante, freinée par les mains qui enserraient, qui imploraient.

Il aurait fallu écraser ces ombres noires pour avancer plus vite. Gérard dut quitter le véhicule, pour bouger, respirer l'air même infesté. Il sortit de la voiture et, appuyé contre la portière, contempla les vagues humaines vêtues de loques et suant de peur.

Les mouchoirs avec lesquels il s'essuyait le visage n'étaient plus que des boules humides. Il eut le réflexe de reculer parce qu'une femme décharnée l'avait frôlé. Elle tenait un enfant. Une puanteur aiguë se dégageait d'elle, des mouches tournaient autour de ses yeux. D'un geste imprévu et imparable, elle posa l'enfant dans les bras de Gérard, puis elle s'effondra. L'enfant, immobile, contempla l'homme blanc.

— Gardez-le jusqu'à la prochaine étape, on va le laisser dans un hôpital de secours, dit le chauffeur. Il y a plusieurs missions humanitaires à quelques kilomètres d'ici.

– Mais..., bégaya Gérard. Mais... la mère. Il faut prendre la mère aussi.

Le chauffeur se pencha sur la femme.

– Trop tard. Elle va mourir. Elle voulait que vous preniez l'enfant.

Gérard s'assit sur la banquette arrière, l'enfant sur ses genoux. Il mouilla ses mouchoirs avec l'eau d'une bouteille et lui lava les yeux. La vitre arrière était noire de visages et d'éclats de lumière.

Quand le chauffeur tenta de redémarrer, le moteur se mit à hoqueter. Autour d'eux, hommes, femmes et enfants se confondaient dans un magma de faim et de peur. Gérard regarda l'enfant, ses jambes allumettes, ses bras allumettes. La nature voulait sans doute démontrer à quoi elle pouvait réduire une créature en chair et en os, comment la maintenir, jusqu'à un dernier souffle, en vie. Le regard de Gérard croisa le regard de l'enfant. On apercevait à travers sa cage thoracique si frêle la pulsation de son cœur. Les pupilles de l'enfant s'élargissaient, reflétaient une dignité infinie. Gérard, bouleversé, lui effleura le front de ses lèvres.

Le chauffeur les observait dans le rétroviseur. Il était zaïrois, généreux et habitué aux drames. Ce Blanc-là était un homme de cœur. Après avoir roulé presque une heure, il se retourna vers Gérard :

– Je crois que l'enfant est mort.

– Non, dit Gérard. Non. Il s'est endormi.

– Endormi ?

Le chaufeur arrêta le moteur, descendit du véhicule, vint près de Gérard et, par la portière entrouverte, prit l'enfant.

– Il est mort, monsieur.

– Je ne veux pas qu'il soit mort. Je l'aurais ramené en France, répondit Gérard.

La tête de l'enfant bascula en arrière, sa bouche s'ouvrit.

– Une autre personne de l'entreprise voulait sortir un enfant d'ici, expliqua le chauffeur. Ni l'administration française ni le pouvoir local n'acceptent ce genre de sauvetage. Il faut une preuve incontestable que l'enfant est vraiment orphelin. Qu'il n'a plus personne.

– Sa mère est morte devant nous, répliqua Gérard d'une voix morne.

– Était-elle la mère ? Ou une femme qui le protégeait ? Sa mère le cherche peut-être. Vous n'auriez pas pu prendre l'avion avec un enfant d'ici.

– Il faut l'enterrer, dit Gérard.

– Il y a des milliers de corps à enterrer, répliqua le chauffeur. Et si nous ne sortons pas d'ici avant la nuit, il ne restera rien de nous. Même les morts viendront prendre tout ce qu'il y a dans cette voiture.

– Qu'est-ce qu'on fait ?

– On le laisse. Les « Turquoises » s'en chargeront.

Le chauffeur prit une couverture dans le coffre, enveloppa l'enfant et le posa au bord de la route.

Ils avançaient à quarante kilomètres à l'heure. Ici et là, des visages s'approchaient des vitres. La peau était si tendue sur les pommettes de ces morts vivants, que les lèvres supérieurs découvraient les dents. Comme s'ils souriaient.

A l'aéroport de Kigali, il fallut quelques heures d'attente et des justifications laborieuses pour que Gérard pût prendre place dans un avion prêt à décoller. Avant d'affronter le vol de nuit, il se lava les mains et le visage dans les toilettes. Il vomit. Il s'accusait de lâcheté, il serait chômeur à cinquante et un ans. Démissionnaire, licencié, neurasthénique ou lâche ? Qu'est-ce qu'il était ? En tout cas, psychologiquement, infirme.

Arrivé à Paris tôt le matin, il se sentit dépaysé et dépassé. Les événements de jadis s'étaient superposés aux moments vécus quelques heures plus tôt, provoquant une tension insupportable. Sortir d'un enfer de quarante-cinq degrés à l'ombre, s'arracher aux valses funèbres des victimes du Rwanda, et se retrouver à Roissy ? Il n'était pas plus à son aise qu'un extraterrestre éjecté de sa soucoupe volante.

La circulation était facile, comme dans un rêve. En roulant vers Le Vésinet, il tenta de se calmer. Il aperçut bientôt quelques vieilles maisons de maître décrépites. Des jardins bien entretenus, mais aussi d'autres dévorés par les herbes folles. Le taxi s'arrêta devant sa maison. Il paya le chauffeur, qui repartit de mauvaise humeur. Il avait tout le chemin de retour à faire pour rejoindre Paris.

*

Gérard entrouvrit le portail du jardin, revenu à l'état sauvage. Il n'avait jamais eu le temps de s'en occuper. A l'époque où il avait hérité de cette propriété, il parcourait déjà le monde, il soignait ses relations, il répondait aux désirs de sa première femme. Il n'avait pas su, à l'époque, de quelle manière utiliser cette maison que lui avait léguée sa tante. Par précaution, il avait cependant toujours payé ses abonnements d'eau et d'électricité. Il déposa sa valise sur le perron, ouvrit la porte. De l'entrée se dégageait une odeur rance. L'atmosphère était chargée de souvenirs, et l'espace d'objets inutiles. Dans cette maison où sa tante avait vécu et où Gérard aurait pu avoir une vraie enfance, jamais rien n'avait été jeté. La tante gardait tout. Gérard se souvint qu'au moment de la prise de possession des lieux – il avait passé là une demi-journée –, il avait découvert dans un tiroir une boîte métallique, avec, à l'intérieur, d'innombrables rubans et ficelles noués. La tante avait même préservé de la poubelle les papiers d'emballage de ses achats ou des cadeaux reçus.

C'était la fin du voyage. A cinquante et un ans, il était au point zéro. Bientôt il recevrait la lettre recommandée de son licenciement. Il jeta un coup d'œil au salon, une pièce longue et étroite, étriquée, à la manière des maisons anglaises, où un buffet Henri-II régnait avec sa laideur agressive. Il alla à la cuisine, ouvrit le robinet. Les vieux tuyaux crachèrent de l'eau rouillée.

Il n'avait amené aucune de ses épouses ici. Il voulait défendre ce refuge de la voracité de sa première femme et du mépris de la seconde, pour qui ce pavillon de banlieue aurait été juste bon à loger le personnel. Elle avait l'habitude de l'espace, des lignes élégantes, des formes modernes ou bien vraiment très anciennes. Leur séparation devait être comme une opération au laser : l'excroissance juridique, le mariage, ôtée sans cicatrice.

L'extrême chaleur pourrissait l'atmosphère. Gérard ouvrit les fenêtres. Dans l'une des chambres, au deuxième étage, il y avait un vieux couvre-lit brodé en usine. Un chevalier tenait une épée au-dessus de la tête d'une bête difforme. Un bout se terminait par des franges. Il jeta le couvre-lit par terre. Il chercha dans une armoire des draps, il en trouva, qui dégageaient une forte odeur de moisissure. Il les déplia pour les aérer. Sur le rebord du lit, une petite araignée courait. Pris de colère, il bascula tout au sol, y compris le vieux matelas. Il fallait de l'air dans cette baraque.

Il comprit tout de suite qu'il devrait s'imposer une discipline de fer. Respecter les heures des repas. Sinon, il se transformerait en clochard dans sa propre maison, entouré de neuf cents mètres carrés de terrain. « Non constructible, avait dit le notaire, donc la valeur de votre maison est moindre. Vous ne pourrez jamais faire bâtir un petit immeuble de location. Ce secteur est une zone ré-si-den-tielle. »

Le soir, allongé sur le lit, il vit arriver les moustiques. Il essaya d'en écraser un gros qui égrenait ses « zzzz » tenaces. Il s'envoya une gifle : il l'avait raté. Il alla prendre une douche, l'eau était à peine tiède. Le sommeil le fuyait. Pour s'occuper, il commença à déplacer les objets. Il enleva la croix au-dessus du lit. Une croix lourde, ornée d'un Christ en bronze, accrochée sur un seul clou. « Recevoir ça sur la tête, pensa Gérard, ce n'est pas un cadeau. » Il n'avait jamais eu de préoccupations mystiques. On lui avait inculqué un minimum de règles dites morales et quelques notions de catéchisme. Ensuite ? Il n'y avait pas de suite. Sa première femme était adepte du new age, la deuxième du shintoïsme. Lui, il meublait son vide avec des hypothèses métaphysiques qui changeaient selon ses humeurs.

Il se promena dans la vieille maison. Vêtu d'un slip et de chaussettes, il se sentait abandonné par la société et livré aux moustiques voraces. Quand il s'effondra enfin sur le lit, les cauchemars commencèrent. Il prenait et déposait l'enfant noir, dans un geste infiniment reproduit. Le lendemain matin, il prépara avec un reste de café en poudre un breuvage dégoûtant, il en prit deux gorgées, puis il appela le siège social et demanda directement le remplaçant du directeur général.

Il le connaissait personnellement, c'était un type sympathique. Il n'élevait pas la voix, il était toujours à l'heure. Il connaissait parfaitement l'affaire.

— Si vous pouviez justifier votre comportement, dit-il à Gérard. Si vous aviez des arguments acceptables, nous pourrions réparer les dégâts... Nous tenions tellement à vous que nous serions prêts à accepter des explications, même artificielles.

Gérard se sentait nu comme un ver.

— Une cassure, cher ami et directeur, dit-il. Une cassure psychologique in-jus-ti-fi-able.

Il répéta le mot trois fois. Cassure.

*

Il éprouva bientôt un soulagement inexplicable. Il n'était plus rien. A Tokyo sa femme allait apprendre la nouvelle de son licenciement, elle serait étonnée. Descendante d'une noblesse désabusée, de ceux qui pratiquent encore le hara-kiri avec tant d'orgueil, pouvait-elle admettre la moindre faiblesse?

Des journées interminables s'ouvraient devant Gérard. Il n'écoutait pas la radio et l'écran de la télévision en noir et blanc était strié de lignes sautillantes – problème d'antenne sans doute. Il se rendait au jardin, arrosait mollement les plantes lymphatiques, se promenait avec un sécateur pour couper les orties d'une hauteur impressionnante.

A la fin de la première semaine, il s'aventura au sous-sol, découvrit que la porte de sa cave avait été forcée et quelques bouteilles de vin volées. Il appela le commissariat. Un fonctionnaire répondit qu'on enverrait un policier faire un constat. C'était étonnant, ajouta-t-il, que les voleurs n'aient pas eu envie de vider complètement la maison. Les cambriolages se succédaient partout. Gérard répondit qu'un buffet Henri-II n'en valait pas le risque. Sa plaisanterie n'eut aucun effet.

– Vous avez un chien, monsieur?
– Non. Pourquoi? Pour me défendre?

117

– Pour le défendre, lui. On vole les chiens.
C'est nouveau.

– Est-ce qu'on vole les chats aussi ?

Sa boutade tomba à plat.

– Jusqu'ici, on n'a pas eu de plainte concernant les chats.

*

Il s'occupait de sa maison en attendant la
lettre de licenciement. On ne l'avait pas viré ins-
tantanément. C'était à cause de l'été, ou peut-
être en raison de son passé. Lorsqu'il voulait fuir
sa planète dévastée, il prenait une chemise genre
polo, et allait chez le gentil Marocain dont l'épi-
cerie débordait de marchandises et qui restait
ouvert tard en été. C'était l'oasis. Parfois, il
s'apercevait dans le regard du Marocain – prince
du désert, devenu en France maître des poudres
à lessive et des nouilles. Gérard était gêné, il se
sentait négligé. En rentrant chez lui, il réfléchissait à la fragilité de l'existence, à l'être
humain et à ses propres velléités. Il apprenait la
solitude comme une langue étrangère.

Il entendit par hasard, à la radio, des nouvelles concernant les voleurs de chiens. Il haussa
les épaules. Les enfants, on les volait, parfois on
les rendait pour de l'argent, les maisons, on les
vidait, les voitures, on les passait à l'étranger.
Mais les chiens ? Pourquoi voler les chiens ?

Quand une crise d'angoisse le prenait, il s'interrogeait : avait-il eu raison de négliger, dès le début de son mariage, son beau-père japonais ? Celui-ci aurait pu lui trouver du travail. Personne ne résistait à ses relations tentaculaires. Aurait-il pu faire quelque chose pour lui, pour ce Français qui manquait parfois de manières ? Il n'avait jamais su prendre avec ses deux mains la carte de visite qu'on lui tendait : faute de comportement impardonnable. Il détestait le thé vert et le poisson cru. N'aurait-il pas été profondément ridicule dans la haute société japonaise ?

Cet après-midi-là, Gérard entreprit d'arroser d'une manière radicale. Il se dirigea vers le garage, ouvrit la porte métallique rouillée, retira d'un coin sombre un second tuyau plus long et large que le premier. Il le déroula, le mit en place, puis il ouvrit le robinet d'eau et, heureux, il commença à inonder son jardin. Les arbustes se vivifiaient à vue d'œil. « Je vais installer un tourniquet aussi, pensa-t-il. Le tourniquet n'a pu être inventé que par un Français. Le tourniquet est l'apothéose du système D. »

Parfois, il dirigeait le tuyau vers ses pieds. Un vrai torrent. Il s'arrosait lui-même. « Si j'avais un chien, se disait-il. Serait-il plus fiable qu'une femme ? Moins exigeant et plus affectueux ? »

Dans le jardin baigné tous les jours, les

plantes s'épanouissaient. Gérard pensait à l'enfant africain : « L'enfant souffrant est muet. Il ne s'attache au monde qu'avec son regard. Au moment où il meurt, l'animal baisse les paupières. L'enfant regarde, comme si une dernière vision du monde remplaçait les années non vécues, la vie manquée. »

Chapitre IX

Pendant ces mêmes jours de chaleur et de solitude, Nora dessinait. Elle avait placé des feuilles sur un chevalet et elle y jetait des silhouettes. Des courbes d'épaules, des tailles d'une finesse irréelle et des drapés. Une mode pour des femmes fleurs. Pour des femmes aux hanches enfantines, pour des femmes évanescentes. Elle déchira ces ébauches, trop sophistiquées. « Je veux descendre dans la rue et je m'égare dans les salons. » Elle cherchait son nouveau style, elle se cognait contre ses feuilles comme un insecte qui se heurte à une paroi vitrée. Parfois, furieuse de son impuissance, elle s'asseyait devant la télévision. Les après-midi d'août étaient consacrés aux trésors des cinémathèques. Le passé en noir et blanc.

La chaleur pesante pénétrait par les fenêtres et par les portes de la terrasse. Elle baissa les stores et se condamna à l'obscurité. Installé sur la commode, le chat noir ouvrait l'œil et l'observait avec une bienveillance croissante. Elle passa sur une chaîne câblée où se déroulait un reportage sur le camp de Goma. Un enfant – la peau vieillie, rétrécie, la bouche entrouverte. L'enfant regarde la caméra. « Il meurt en gros plan », se dit Nora, affolée. Ses yeux. « S'il y a un Dieu, pourquoi ne se penche-t-il pas sur cet enfant ? » L'enfant noir, atroce publicité pour la mort, soupira. Nora s'éloigna de la télévision, elle serra le chat contre sa poitrine. L'animal était câlin. Cette douceur imprévue et le ron-ronnement de solidarité faisaient du bien. Mais, comme toujours avec un chat, la scène d'amour était courte.

Que faire pour ne pas se sentir égoïste et inu-tile ? Si elle allait en Afrique par le biais admi-nistratif de Médecins sans Frontières ? « Utilisez mes services, s'il vous plaît ! J'aimerais aussi ramener un enfant pour quelques mois ou quel-ques années. Il faut que j'agisse, sinon à quoi sert ma vie ? Je ne peux pas rester seulement spectatrice des drames. »

Elle pensa une fois de plus à adopter un enfant abandonné en France. Il y en avait une foule, d'enfants abandonnés. Elle avait entendu, la veille, qu'on avait découvert coincé dans un vide-ordures un bébé que sa mère avait jeté. « Si je pouvais adopter cet enfant », se dit-elle. Elle appela l'administration. Un disque débitait des phrases anodines. « Nos bureaux seront ouverts à partir du 18 août. En cas d'urgence, le numéro de permanence est... » Elle rédigea sur-le-champ une lettre accompagnée de son curriculum vitae et indiquant le montant actuel de son salaire. Elle voulait l'enfant de la poubelle. Elle envoya une demande complète d'ouverture de dossier pour une adoption, en recommandé et avec accusé de réception. On lui adressa quelques jours plus tard un reçu affublé d'une signature illisible.

Pour se calmer, elle alla faire un tour dans la maison de couture. Les salons étaient poussiéreux, à l'étage directorial l'huissier de service somnolait. C'était le temps des voleurs, des voleurs d'idées, des voleurs de pouvoir, des voleurs de conscience et de confiance, des voleurs d'honneurs et aussi celui des voleurs de chiens. Le matin, elle avait entendu à la radio le compte rendu d'une nouvelle agression. Les voleurs s'étaient emparés la nuit précédente d'un chien chinois, l'un de ces chiens au regard soucieux, aux bajoues tombantes, l'un de ces étranges vieillards à quatre pattes, imprégnés d'une sagesse ancestrale. Il appartenait à une personne clouée à sa chaise roulante. « Rendez-moi mon compagnon », avait supplié la victime du vol.

Nora avançait dans le couloir. La porte d'un bureau s'ouvrit, l'un des sous-directeurs adjoints, maigre, le crâne dégarni, en surgit.

– Quelle chance de rencontrer quelqu'un,

s'exclama-t-il. Mademoiselle Abram, que faites-vous là ?

— Je ne prends pas de vacances cette année... Qu'est-ce qui se passe ? Vous semblez bouleversé.

L'adjoint saisit le bras de la jeune femme :

— Si vous êtes venue, c'est que vous avez peur aussi, j'en suis sûr. Vous avez entendu parler du repreneur ? Ne le niez pas...

— De quel repreneur ?

Le petit homme la retint avec force.

— Ne jouez pas à l'innocente. Ce n'est pas cette attitude qui vous sauvera.

Il prononça un nom étranger.

— Il veut tout acheter. L'ensemble d'une vie. Tout ce que notre patron a inventé, a créé. Et le patron est prêt à tout plaquer.

Nora haussa les épaules.

— On parle de cette éventualité depuis des années. Mais le patron ne quittera pas sa maison. Il a conquis le monde. Connaissez-vous le nombre de ses succursales ? Il est au sommet de la gloire.

L'homme insista :

— Justement. Il en a assez de cette gloire. Vous n'étiez pas là quand il a déclaré que maintenant il voulait vivre ? Vivre, tout simplement.

Nora eut peur du mot.

— Vivre ?

Le petit homme distillait la peur.

– Ça c'est passé, il y a cinq semaines. Vous étiez à New York.

– C'est exact. J'étais à New York.

– Et on ne vous a rien dit à votre retour ?

– Non.

– Lui non plus ?

– Non.

– La réunion était houleuse et le patron ému. Il a dit qu'il voulait vivre sur un atoll. Se retirer du monde, ne plus dessiner. Ne plus s'occuper d'argent. Que la vie était trop courte. Que l'on n'emporte pas le succès dans son cercueil. Qu'il voulait contempler le bleu qui se confond avec l'infini. Il n'est plus assez jeune pour plonger, mais il peut nager les yeux ouverts derrière le masque et contempler la beauté de la mer. Oui. Il a parlé comme un enfant parle des vacances.

Nora frissonna. Ces paroles étaient dangereuses dans la bouche du patron. S'il avait évoqué des problèmes financiers, elle n'aurait eu aucune inquiétude, mais le désir de profiter pleinement des années qui restent, cet instinct de vie, semblait plein de menace.

– A-t-il prononcé plusieurs fois le mot « repreneur » ?

– Oui, continua l'homme, heureux d'avoir éveillé enfin l'intérêt de son interlocutrice. Au retour de son atoll, il fera une déclaration à la presse.

Il ajouta :

– Selon ses habitudes, le repreneur veut licen-
cier. Il liquide. Il envisage des économies. Du
reste, il ne croit pas à la haute couture. Le repreneur va vider les bureaux, puis il regroupera les
gens. Notre immeuble ne sera plus qu'une succursale de couches multicolores et de poudre
adoucissante pour fesses de bébés. Je hais les
bébés, mademoiselle Abram.

– M. Donogan, calmez-vous.

Elle l'interrompit, satisfaite d'avoir retrouvé le
nom de l'homme. Elle se souvenait des origines
écossaises de l'individu. Derrière ce nom, on
imaginait des châteaux, des hallebardes, des
meutes de chiens et l'odeur âcre des sueurs de
chasse à courre. Mais, de tout cela, il ne restait à
M. Donogan qu'une timidité qui le rendait
agressif. Il attaqua ouvertement :

– Vous ne lisez pas les journaux, mademoiselle Abram ? Vous ne lisez pas les pages
économiques ? Cela vous concerne aussi, vous
risquez de vous retrouver sans boulot. Vos créations, c'est pour des privilégiés.

Elle pensa à ses derniers dessins déchirés.

– Je vais créer un nouveau style, dit-elle,
autant pour se rassurer elle-même. Un style qui
va conquérir la rue.

– Vous faites la politique de l'autruche, hein ?
continua Donogan violemment. La rue sera
bientôt le domaine des SDF. Vous les habillerez
comment, les clochards ?

— Ne soyez pas si agressif. J'ai voulu me couper du monde pour quelque temps, répondit-elle.

— Vous couper du monde ? s'écria Donogan. Vous pourriez être coupée pour de bon ! Vous n'êtes pas irremplaçable. Vous pouvez un jour trouver votre bureau fermé, vos affaires rassemblées dans un carton et un chèque d'indemnité. Comme aux États-Unis. On devient ici aussi des objets humains comme là-bas. Vous allez voir... Le repreneur n'aura pas forcément besoin de vous. Vous êtes un produit de luxe, mademoiselle Abram.

Il éprouvait une satisfaction certaine à inquiéter cette jeune femme qui avait dix centimètres de plus que lui. Elle était toujours élégante, elle respirait la santé, la sécurité, l'argent, le bonheur grâce à la réussite. L'une de ces femmes qu'il aurait bien aimé approcher mais qu'il fuyait. Elle n'aurait jamais dans son lit un petit Donogan.

— Le luxe, c'est fini, s'exclama-t-il. Des modèles uniques, vous les coudrez bientôt de vos propres mains pour des clientes capables de se les offrir...

Hissé sur la pointe des pieds, il continua :

— Nous serons inutiles dans un monde surpeuplé. Si je me souviens bien, vous avez quarante ans, n'est-ce pas ?

Elle détestait les allusions à son âge.

– Je trouverai toujours du travail. Je dessinerai des torchons de cuisine pour Tati. Sinon des tabliers pour hommes. Je vous dédierai un tablier, monsieur Donogan.

Elle connaissait bien la jalousie des hommes à son égard. Ses vrais alliés étaient des femmes. Des femmes qui lui ressemblaient, pas des médiocres.

Débarrassée de Donogan, elle rejoignit son bureau, occupé en majeure partie par une large table. En face, sur la paroi blanche, une horloge signalait l'heure aux différents points du monde : New York, Hongkong, Francfort, la Californie, Tokyo, la Polynésie, Bombay et Marseille. Le monde sur un cadran. Un malaise la prit devant cette horloge qui réunissait d'une manière assez perverse le sommeil, le réveil, la journée de travail, la fin des activités de l'univers humain. En cas de revente de l'entreprise, qu'allait-elle devenir ? Elle avait suffisamment d'argent économisé pour subsister jusqu'au moment où elle trouverait un autre travail. Son nom était déjà une référence. Mais pour qui ? En théorie, le repreneur devrait avoir besoin d'elle. Elle avait l'habitude de traiter avec Sachs, avec Neumann-Marcus et d'autres puissants acheteurs américains. Dessinerait-elle un jour des couches-culottes haute couture ?

Elle se mit au travail. Les lignes la fuyaient, les idées s'échappaient. Le venin de Donogan était passé dans son sang. Elle préféra la fuite. Elle longea le couloir, appela l'ascenseur dont les parois d'acier s'entrouvrirent, puis se refermèrent. Si elle restait coincée dans la cabine en panne – il suffirait d'une brève coupure de courant – Donogan la laisserait-il y pourrir pour se venger de son attitude hautaine ? « Ah, le rez-de-chaussée ! » s'exclama-t-elle.

Dehors, le soleil de plomb écrasait les passants. La maison de couture, située dans l'une des plus belles avenues du monde, régnait sur le quartier. Elle se retourna pour en contempler la façade. Les rayons or et acier se cognaient contre les vitres. Des ricochets de lumière martelaient le regard. Nora marcha jusqu'à la place du Trocadéro, où elle prit une fois de plus la direction des bassins. Des touristes jeunes et vieux parlaient toutes les langues. Un rassemblement d'humains colorés autour de l'eau. Elle ôta ses sandales, tenant sa jupe en coton des deux mains.

– Vous avez des jambes formidables, lui dit quelqu'un dans un français chargé d'accent.

Peut-être un Suédois ou un Norvégien au visage hâlé. Une blondeur éclatante, une blondeur de blé jaune et des yeux bleus. Vêtu d'une chemise de sport et d'un short aux bords effilochés, il devait avoir vingt-cinq ans. Il s'approcha d'elle. Elle était heureuse de plaire.

– Je viens de Norvège, dit-il.

– Beau pays. Les glaciers ? J'en rêve. Surtout par cette chaleur.

– Un Coca ? dit-il.

– Je l'accepte.

Assis sur le bord du bassin, il prit dans son sac des canettes de Coca. Nora se sentait libre et rassurée. Elle pouvait séduire, sans robe de haute couture, sans son nom qui attirait et fascinait les connaisseurs de la mode. En ce moment, elle était n'importe qui. Mince, les yeux noirs, les cheveux noirs et abondants, elle aurait pu surgir d'une foule méditerranéenne. Elle oublia sa carrière, ses affaires, son adresse flamboyante et même le chat noir. Elle raya de son esprit son amant noir dont, avant de l'effacer, elle entendit la voix : « Entrer sans précautions dans un bassin public, quelle imprudence ! Tous ces microbes ! C'est dangereux ! » L'ex-enfant des forêts vierges était plus maniaque que n'importe quel Nordique élevé dans les principes rigides de l'hygiène.

– On pourrait se retrouver à mon hôtel. Je suis seul dans ma chambre, dit le jeune homme.

Il ne perdait pas de temps. Nora répondit, amusée :

– Vous draguez ?

– Il faut draguer à Paris.

– L'aventure peut être mortelle, dit-elle.

Le visage du Norvégien s'assombrit.

– Il faut garder le goût de la vie.

Elle l'interrompit :

– Surtout préserver la vie.

130

Elle ajouta en se levant :

— Merci pour le Coca. N'oubliez pas, Paris est une ville dangereuse.

Elle héla un taxi. Dès qu'elle ouvrit la porte d'entrée de son appartement, elle aperçut le chat qui l'attendait derrière la porte. Ce chat n'aimait pas la solitude. Elle le prit dans ses bras. Le chat se mit à ronronner puis, s'agrippant à l'épaule de Nora pour prendre son élan, sauta et disparut. « Quand va-t-il se décider à m'aimer un peu ? » se demanda Nora, déçue.

*

Gérard arrosait avec passion. Les plantes renaissaient. Il apprenait à vivre en autarcie : pas de téléphone, pas de radio, pas de télévision. Il occupait sa solitude à déverser une abondance d'eau sur les arbustes et les buissons.

Il s'arrêtait souvent près du tourniquet, laissant l'eau balayer son corps. Il voulait se laver de l'odeur de la mort, il voulait se laver du souvenir de l'enfant noir mort dans ses bras, il voulait croire à la vie. L'eau était la vie.

Au dixième jour de ces festivités aquatiques, un type habillé convenablement — malgré la chaleur — franchit le seuil du jardin. Il s'approcha de Gérard :

— Bonjour. Vous permettez ? Juste quelques mots.

Gérard fit une grimace, l'homme l'ennuyait.
– Je vous écoute. Mais pas longtemps.
L'homme s'épongea le front.
– Quelle chaleur ! Il paraît que depuis 1962...
– Que voulez-vous ?
– Je suis agent immobilier et je m'occupe de ce quartier, qui est en plein développement.
– Je ne veux rien développer, interrompit Gérard.
L'homme, jeune, genre technocrate, portait une veste légère, symbole du respect pour son travail, pour ses fonctions. Il faisait trente-six degrés à l'ombre.
– Je vous ai souvent appelé. Le téléphone sonne mais personne ne décroche.
– Je ne suis pas obligé de répondre, dit Gérard. Je suis en vacances chez moi.
L'autre s'approcha.
– Une occasion unique se présente. Vous pourriez acheter la maison d'à côté, si vous vouliez agrandir votre propriété.
La maison d'à côté – style ancienne maison de maître – était à restaurer de la cave au toit.
– Huit cents mètres carrés de jardin, dit l'agent. Ce terrain et le vôtre réunis formeraient un vrai petit parc. D'après le cadastre, vous avez presque mille mètres carrés. Il suffirait d'enlever la barrière et vous serez aussitôt chez vous. Vous pourrez relier les deux maisons avec une immense pièce vitrée – ne parlons même pas

d'un jardin d'hiver... – en prolongeant le living-room. Un vrai palais à peu de frais.

Gérard réfléchit. Fallait-il dire à cet homme qu'il était chômeur – il avait reçu sa lettre de licenciement le matin. Qu'il n'avait plus de femme et qu'il ne possédait même pas un chien ? Un jardin plus grand accentuerait sa solitude. L'agent immobilier insista.

– Nous avons un plan d'aménagement très strict. Le quartier restera tranquille. Un vrai paradis pour ceux qui aiment la paix et la verdure. C'est le moment d'acheter à côté. Vous pourriez l'avoir pour un prix dérisoire, cette maison. S'il ne la vend pas, le propriétaire va la louer. Mais à qui ? Vous savez, les mauvais voisins, c'est quelque chose... A votre place, je me méfierais...

– Je ne veux rien, dit Gérard. Ma situation a changé.

– Réfléchissez ! reprit l'agent. Vous êtes – selon nos renseignements – le directeur d'un secteur important d'une multinationale pétrolière. Il vous faut un « home » très confortable.

Le mot anglais faisait sans doute plus chic.

– Je ne suis plus directeur, dit Gérard. Je suis en réserve de ma société. L'époque n'est plus celle des occasions à saisir. Il faut se contenter de ce que l'on possède déjà.

L'agent haussa les épaules.

– Monsieur, si tout le monde était comme

vous, que deviendrions-nous ? Il y a encore des gens qui veulent acquérir. Heureusement.

– Tant mieux, monsieur. Vendez, louez, ça m'est égal. Merci de votre visite.

Gérard considérait son refus, dicté par les circonstances, comme un échec. Il y a quelque temps encore, assuré de son salaire confortable, il aurait pu acheter cette maison à côté. Mais, licencié pour une grave faute professionnelle, il se trouvait dorénavant sur la liste des bannis. Il n'aurait pas d'indemnités. Il devrait vivre avec ce qu'il avait mis de côté. Pas d'achat. Mais une visite à la SPA. Pour y découvrir l'âme sœur. Un chien. Un grand bâtard aimable, qui fait peur par son aspect physique. Dont personne ne veut. Un ami à demeure.

Gérard se lança dans une activité débordante. Dans un supermarché proche, il parcourut les rayons de bricolage, lui, le maladroit connu pour ses doigts meurtris dès qu'il tentait de planter un clou, il choisit ses couleurs, il acheta la peinture par bidons et des rouleaux. De retour chez lui avec son butin, il se plongea dans la lecture des modes d'emploi et, ayant avalé une baguette et un camembert, accompagnés d'un verre de vin rouge, il se mit à travailler. La peinture couvrait les surfaces comme un fond de teint les défauts de la peau.

Au long de ces journées sans fin – il faisait

clair encore à neuf heures du soir –, il travaillait en sifflotant, n'interrompant le travail que pour remettre le tourniquet en marche au jardin. Il sifflait faux, il était léger, libre.

La sonnerie du téléphone le ramena dans la réalité. Cette fois-ci, il fallait répondre, il en était persuadé. Il quitta l'échelle, il s'essuya les mains à un torchon jeté sur le parquet. Sa femme l'appelait de Tokyo, de sa voix fine à l'anglais distingué. La communication était aisée, chaque mot résonnait clairement, aucune possibilité d'erreurs ou de sous-entendus ambigus. Elle lui parlait avec douceur. N'était-elle pas une Japonaise de la haute société ?

– Mon père s'est suicidé il y a quatre jours. Nous l'avons enterré dans la plus stricte intimité, il aurait été inutile de vous déplacer.

– Pourquoi ? demanda Gérard.

– Argent, répondit délicatement l'épouse japonaise. Problèmes d'argent.

Elle continua :

– A la suite d'une affaire difficile, on aurait pu salir son honneur. Il a préféré la mort aux explications indignes de lui. Il a juste laissé une lettre.

Elle garda un silence coûteux, puis reprit :

– Je ne peux pas abandonner ma mère. Je dois organiser notre future existence. Nous avons plusieurs usines. Si vous n'y voyez pas d'inconvénient, j'aimerais divorcer. A l'amiable. Je ne désire strictement rien.

135

Fallait-il dire : « Je voudrais venir à Tokyo, je pourrais vous aider, je travaillerais comme un forcené. Vous, seule dans les affaires, et moi, seul avec les pots de peinture, c'est absurde... » ?

Elle ne l'aurait jamais épousé si elle l'avait connu ainsi, débraillé et sifflotant. Elle voulait un homme d'affaires exceptionnel, la vie dans des résidences, le chauffeur, la voiture de fonction.

— Je ne crois pas que, dans la situation actuelle, vos connaissances pourtant si appréciables puissent nous être utiles, dit-elle.

— Je suis navré, répondit-il. Si c'est ainsi...

— Je vous suis profondément reconnaissante pour les années d'agrément que j'ai passées avec vous, dit Yoko. Je resterai au Japon et un jour – sans doute – je me remarierai avec un Japonais. Ce sera plus facile pour les affaires et pour la sauvegarde de nos traditions familiales.

Elle prononça avec prudence :

— Vous avez toujours souffert de la cérémonie du thé. Vous manifestiez pourtant une grande patience. Merci.

Elle avait une classe folle, elle était capable de séduire via satellite. Gérard n'avait jamais pris le temps d'entrer dans l'univers de Yoko. Il n'avait déployé aucun effort pour lui plaire. Elle subissait l'incompréhension d'un Européen peu apte à apprécier les raffinements, les gestes et les subtilités de son pays. Pour rien au monde, il ne lui aurait avoué qu'il était chômeur. Mais peut-être le savait-elle déjà, sinon pourquoi l'aurait-elle appelé ici, au téléphone de cette maison qu'elle n'avait même pas connue? On avait dû lui annoncer au bureau que M. Martin ne faisait plus partie de l'entreprise, qu'il était chez lui, et lui communiquer le numéro.

Il donna son accord pour le divorce. « Oui, je signerai tout ce que vous voulez. » Il en ressentait un fantastique soulagement. Qu'aurait-il fait avec l'élégante Japonaise dans cette maison de banlieue où il bricolait, peignait, arrangeait, clouait et projetait même d'exécuter certains travaux de plomberie?

La délicieuse épouse lui annonça qu'il recevrait bientôt une lettre d'un avocat parisien. Elle proposa de payer les frais. Tout était prévu, huilé, admirablement conçu, il n'avait plus rien à faire qu'attendre, parapher et signer. Il se retrouverait bientôt libre de tout engagement. Ni femme, ni travail, ni ami. Le seul recours contre la solitude était le chien, encore à découvrir. « C'est lui qui devrait m'adopter », pensa Gérard.

Ayant raccroché, il écouta le silence. En effet, ce quartier résidentiel était protégé. Pas de bruit et, depuis cinq minutes, plus de femme légitime non plus. La vie était à recommencer, à cinquante et un ans. Qui s'intéresserait à lui? Quelle entreprise voudrait d'un homme de cinquante et un ans, licencié pour faute grave ? Les femmes ? Il en trouverait s'il avait de l'argent. Sans fric, rien. Avec du fric, des filles de vingt ans à la pelle. Elles cherchaient, poussées par des instincts incestueux, un père et de l'argent de poche. De plus, un vieux permet d'espérer devenir veuve et recommencer l'existence avec des rentes assurées.

Sur son échelle, toujours sifflotant, il éprouvait un curieux sentiment de bonheur. Il avait un peu d'argent, il avait cette maison et des connaissances très étendues des problèmes pétroliers. Il suffirait d'une petite alerte près du Koweit et on viendrait peut-être le chercher. Peut-être... A une époque où il jouait à l'aventurier, il s'était engagé près d'un spécialiste des incendies des puits de pétrole. Il avait vingt ans. On joue avec le feu à vingt ans et on s'y brûle à cinquante.

Chapitre X

Les vols de chiens se multipliaient. L'insécurité des animaux alarmait de plus en plus la population.

Les écologistes avaient improvisé un défilé où ils brandissaient des affiches et des animaux en carton pendus à des crochets. « On les torture », « Sauvez-les ». Mais personne ne savait si ces accusations étaient vraies ou non.

Mme Farge suivait toutes ces manifestations à la télévision; elle redoublait de précautions et avait même fait poser une serrure spéciale sur la porte de la pièce réservée à Princesse.

Celle-ci s'alourdissait d'un jour sur l'autre. Mme Farge la tenait en laisse lorsqu'elle la promenait dans le jardin. Pourtant, il aurait été bien difficile de pénétrer dans cet univers cloîtré derrière des grilles fortifiées. Elle cajolait la chienne alanguie, elle posait parfois doucement sa tête sur le ventre de Princesse couchée. Le jour attendu arriva. Vers onze heures du soir, la chienne se mit à gémir. Yvonne appela aussitôt le médecin.

– Je crois que Princesse va accoucher. Elle semble avoir mal.

– J'arrive, dit le docteur. Je convoque mon assistante pour l'opération. Du calme, chère amie. Gardez votre calme.

*

Le docteur raccrocha le combiné et se retourna dans son lit vers une fille dont la silhouette évoquait un poster détaché d'une revue spécialisée dans les photos de nu. Les genoux repliés, les hanches un peu en biais, les épaules rondes, une abondante chevelure rousse, elle aurait fasciné même Toulouse-Lautrec. C'était la jeune et vorace assistante du vétérinaire. Lui, à cinquante et un ans, contemplait ce corps parfait, ces yeux clairs, cette chevelure qui se répandait comme du sang sur l'oreiller.

– C'est la veuve ? Et sa Princesse ?

Il se dégageait d'elle une impertinence presque enfantine, une sensualité provocante.

– Mais oui, ma chérie, c'est elle et c'est aussi mon métier d'être toujours disponible. Elle est sympathique, Mme Farge, et la chienne est rare et délicate. Debout, trésor. Petit bonnet blanc, blouse blanche, sourire virginal.

Linda roula sur le ventre. Le médecin était

suffoqué de tant de beauté. N'avait-il pas à demeure, dans le XVIIIᵉ arrondissement, une splendide plante tropicale ? Cette fille ? Il en était fou. Et il était conscient d'en être fou. Quant à elle, elle était un peu amoureuse de ce vétérinaire dont la clinique marchait si bien. Elle n'aimait pas particulièrement les animaux mais, dotée d'une grande sensibilité, elle se montrait patiente et compatissante. Lorsqu'elle portait son masque et son bonnet qui dissimulait ses cheveux roux noués en chignon, ses yeux verts fascinaient. Depuis la canicule, elle portait des blouses de coton léger, presque transparent.

Elle eût aimé avoir un enfant du vétérinaire, un héritier qui aurait assuré son avenir à elle aussi. Le docteur avait poussé un cri : il avait déjà deux fils d'un premier mariage, à qui il versait encore chaque mois une pension. Il était désolé à l'idée que cette liane rousse, cette merveille de la nature, veuille alourdir leur relation si libre avec un bébé. « Jamais, jamais, jamais », avait-il répété. Elle avait rapidement compris qu'il ne fallait pas insister.

Il prit sa veste, jeta la clé de la deuxième voiture sur la table de chevet.

– Tiens. La clef de la Twingo. Je prends la chienne avec le break et je te retrouve à la clinique.

Mme Farge surveillait la rue. Lorsqu'elle

aperçut la voiture du médecin, elle se précipita au rez-de-chaussée vers le médecin.

– Venez, venez...

Le médecin courut avec elle jusqu'à la chambre de Princesse. L'animal gisait à côté de son élégant matelas. Ils se penchèrent sur elle et réussirent à lui faire accepter leur double étreinte à hauteur des pattes avant et arrière. Ils la descendirent avec précaution dans la voiture du docteur. Mme Farge ferma soigneusement la porte d'entrée de l'hôtel particulier. Ils partirent.

– Pourrais-je assister à l'opération ?

Le docteur conduisait prudemment.

– Vous allez vous évanouir à la première minute.

Mme Farge serra le bras du médecin qui tenta de se dégager.

– Attention ! On risque d'avoir un accident.

*

Dans la salle d'opération éclairée par une lumière centrale puissante, l'assistante apparut rassurante. Mme Farge nota la douceur des yeux verts de Linda. Les cheveux flamboyants de la jeune femme étaient cachés et ses mains fines couvertes de gants. « Elle est gracieuse, se dit Mme Farge. Certainement une bonne personne. » Du moins se rassurait-elle, se persua-

dait-elle que cette jeune femme aimait les bêtes.
Elle gagna la salle d'attente, se répétant : « Elle
aime les bêtes, elle aime les bêtes. » Au bout d'un
temps qui lui parut interminable, le médecin
sortit de la salle d'opération, portant une grande
corbeille où bougeaient les chiots.

— Nous sommes quatre, dit le docteur.

— Quatre petits! s'exclama Mme Farge.

Elle s'inquiéta aussitôt :

— Comment va ma beauté, ma Princesse ?

— Très bien. La cicatrice sera élégante. Elle
va avoir du lait, malgré l'intervention. L'anesthésie a duré peu de temps.

Quarante-huit heures plus tard, Mme Farge
rapatria Princesse. La chienne passait ses journées allongée sur le flanc. Les chiots tétaient les
yeux fermés, le museau collé contre le ventre de
leur mère. Avec leurs deux pattes avant, ils
labouraient la tendresse maternelle en mordil-
lant les mamelons. Le médecin venait tous les
jours et Mme Farge lui répétait :

— Votre assistante est une bonne personne,
vraiment.

*

Lorsque le téléphone se mit à sonner chez
Gérard, il crut à une erreur. Il décrocha et
écouta, étonné, la voix fort aimable de l'une de
ses secrétaires de jadis. Celle-ci lui annonçait

que le nouveau directeur du secteur principal
« francophone » voulait lui parler. « Vous sou-
venez-vous de M. Ardel ? » demanda la secrétaire. – Bien sûr. » Ils avaient travaillé ensemble au Niger pendant quelques mois.

– Je vous le passe.

– Parfait.

– Bonjour, Gérard.

La voix était chaleureuse. Pour s'épargner,
pour éviter des chocs et des humiliations, Gérard
choisit l'attaque.

– Vous avez vous aussi des reproches à me
faire ? Écoutez, j'ai été viré de la société, et
c'était justifié. D'accord, j'ai déserté mon poste
sans avoir donné d'explication. Je mérite ce qui
m'arrive.

– Mon cher ami, dit Ardel, je vous appelle
pour une tout autre raison. Depuis quelques
semaines, au poste où je me trouve depuis ma
nomination, j'ai découvert que vous avez été trop
rapidement écarté de l'entreprise. Quelle que
soit la raison de votre comportement, psychologique sans doute, on aurait dû considérer vos
indéniables qualités. Vous avez eu peut-être une
sorte de dépression passagère. Vous avez pré-
venu le siège, vous avez délégué vos pouvoirs. Il
faut réexaminer votre situation. Venez demain
matin. Je vous attends.

*

144

Le lendemain, Ardel reçut Gérard en lui manifestant un intérêt prononcé, sans aucune compassion. Il le traitait d'égal à égal.

— Vous aviez vos raisons de vous taire. Vous avez agi vraisemblablement sous un choc. Nous allons réparer ce que je considère comme une injustice.

Gérard haussa les épaules.

— Vous êtes infiniment indulgent. Votre geste est inattendu, mais, n'oubliez pas, je ne vous ai rien demandé. Rien. Mais à l'avance, merci pour l'intention.

Ardel s'assit dans un fauteuil face à Gérard, devant le bureau.

— J'ai vu quelques photos de Goma, c'était l'horreur, je comprends que vous ayez voulu quitter l'endroit. Je suis persuadé que vous aviez des raisons justifiées. Vous ne désirez pas en parler, c'est votre droit.

Il ajouta :

— Je vous signale que la filiale est provisoirement fermée. Vous êtes en quelque sorte réhabilité par les événements. J'ai une proposition à vous faire.

Il se pencha vers Gérard.

— Nous entreprenons des recherches de gisements à Sumura.

Le nom de cette île, près de Madagascar, infestée de moustiques et de diverses bêtes rampantes, était familier à Gérard. Ardel guettait sa réaction.

– Pour le moment, les forages sont modestes et les conditions de vie plus que médiocres. Le confort est nul. On vit en sueur et on boit de l'eau désinfectée avec des pastilles. Mais ce serait, je crois, toujours mieux que d'être chômeur ici. En attendant d'avoir l'accord signé des autorités de l'endroit...

Il esquissa un petit rire.

– Si on peut les désigner en tant qu'autorités ! Vous vous installerez dans votre ancien bureau – de l'époque où vous étiez un Parisien. Vous étudierez les dossiers concernant les forages, et la documentation complète sur les ethnies qui vivent là-bas. Il y a des guérillas latentes, des embuscades mineures. Comme partout. Mais pas de violence déclarée.

Le temps n'était pas aux états d'âme. L'essentiel se dessinait : le retour vers l'activité. Gérard accepta l'offre en exprimant sa gratitude. Il prit rendez-vous pour le 17 août à son ancien bureau, situé dans un gratte-ciel à la française à proximité de la Défense.

Il rentra chez lui, heureux et désorienté. Il n'était plus banni. Il ressentit une satisfaction profonde et honteuse, en même temps qu'un semblant de frustration. C'en était fini donc de la liberté étrange qu'il avait tant savourée. Il aperçut des visiteurs dans la maison d'à côté. Au-dessus de la haie, l'agent immobilier le guettait. Gérard lui fit un signe discret. L'agent se présenta tout de suite après le départ des visiteurs, qui renonçaient à la location – l'intérieur de la maison tombait littéralement en ruine. Gérard invita l'agent immobilier au salon.

– Étroit, dit l'homme. Vous êtes ici à l'étroit. Vous pourriez faire construire, entre les deux maisons, un immense living-room vitré...

– Vous me l'avez déjà dit, l'interrompit Gérard. Prenez place.

Il s'intéressait surtout au jardin voisin. Il avait peur de son audace, de cette pulsion qui l'incitait à acheter la propriété voisine à côté, à peine réintégré dans des fonctions secondaires. Il proposa au hasard un prix ridiculement bas. L'argent sursauta :

– Ça, je ne peux pas le transmettre. Ce serait indécent.

– Alors, ne le transmettez pas, dit Gérard soulagé.

Le soir, plus tard, le principe de l'achat était admis et la promesse de vente fut signée le lendemain matin. Les astres devaient être favorables. Le temps des formalités à accomplir, il obtint des propriétaires, encore mal remis de la vente au prix offert, l'autorisation d'arroser le jardin. Gérard démolit lui-même le petit mur qui séparait les deux jardins et, avec un plaisir proche d'un vertige de bonheur, il déploya les vieux tuyaux de son système d'arrosage, installa un deuxième tourniquet et noya les plantes voisines dans l'eau. La petite rue était déserte, personne ne l'injuriait pour gaspillage; il arrosait comme un fou joyeux, vêtu d'un short aux bords effilochés. Lorsqu'il découvrit deux nids dans les branches d'un cerisier et d'un poirier, il tendit ses bras ouverts vers l'infini, il aurait aimé serrer l'univers sur son cœur.

Chapitre XI

Nora passait à sa table de dessin des heures épuisantes de chaleur. Parfois elle réussissait à croquer spontanément une silhouette, parfois elle cherchait longuement sans résultat et barrait les pages d'un geste rageur. En fait, elle attendait impatiemment la fin des vacances et le retour à la vie normale. Sa conversation avec Donogan lui avait fait peur, mais peu à peu, elle se rassurait. Elle n'avait pas eu de lettre d'avertissement ni de sous-entendus menaçants au sujet du mystérieux repreneur.

Une idée soudaine surgit à son esprit : malgré le désert de l'été, elle se mit en tête d'échanger le bail de son appartement de deux cents mètres carrés, qu'elle avait loué dans un moment de folie. « A Paris, madame, tout est question de standing, lui avait dit l'astucieuse négociatrice qui voulait conclure l'affaire. Vous êtes connue, donc vous recevez. Vous avez besoin d'un living-room de prestige.. » Le jour même de l'emménagement, Nora comprit son erreur. Elle avait signé un bail pour six ans, durée qui lui avait assuré un loyer moins cher que les autres appartements de même qualité. C'était le piège. Il lui restait encore deux ans avant l'échéance. En comptant seulement sur elle-même et sur ses revenus. Ses mains, ses yeux, son imagination.

Ce soir-là, démoralisée, elle s'imaginait licenciée. Qu'est-ce qu'elle deviendrait sans les vêtements coûteux que parfois la maison de couture lui offrait, sans les billets d'avion qu'on lui payait, sans les frais de représentation, sans le luxe devenu une habitude ? Que resterait-il d'elle sans ces béquilles ? Une femme brune de quarante ans, privée des artifices qui préservent sa beauté, et des traiteurs qui assurent ses réceptions ? Elle serait comme n'importe quelle autre femme de quarante ans. Sans le rythme insensé qu'elle s'imposait, sans les forces créatrices qui prenaient forme sous ses doigts, sans ces voyages, elle vieillirait rapidement. Elle avait pris goût à un confort coûteux, elle dépensait avec plaisir l'argent gagné au prix d'un travail acharné. Elle circulait souvent dans la voiture de la société. Elle était rentable, donc on la choyait, cette belle Parisienne, piquante, spirituelle et maîtresse de son existence.

Le téléphone sonna :

— Allô ?

— Bonjour, madame.

Elle reconnut aussitôt la voix de la concierge.

– Nous sommes arrivés. Je ne trouve pas le chat.

– Le chat est ici, je me suis permis de le monter parce qu'il semblait déprimé. Il n'aime pas être seul.

La concierge garda un court silence, puis remarqua :

– Ça fait drôle de ne pas le voir. Je peux venir le chercher maintenant ?

Et voilà. Un service rendu transforme les gens. Ils deviennent méfiants, même agressifs, pour ne pas être obligés de dire merci. Après la satisfaction du début, ils refusent jusqu'à l'idée de la reconnaissance.

La concierge arriva. Il fallait chercher le chat, qui s'était caché avec une adresse incomparable. Ouvrir les armoires sur quelques anciens désordres, regarder derrière les rideaux et l'apercevoir enfin sous le lit, agrippé de toute sa force à la moquette. Le chat ne voulait pas repartir : sa nouvelle maîtresse lui convenait trop bien. Elle lui parlait, il aimait sa présence.

Il eut le tort de souffler sur la concierge, qui recula avec colère :

– Sale bête, tu ne me reconnais pas ? s'écria-t-elle.

– Mais si, il vous reconnaît dit Nora.

– Je me le demande...

La concierge prit le chat sous son bras, et le

serra contre elle avec rancune, jalouse de l'affection que l'ingrate bête avait accordée à une autre
qu'elle.

Nora referma la porte. Appuyée contre le battant, vêtue d'un seul bikini noir, elle sentait la
sueur couler dans son dos. Il faisait si chaud.
Paris était une ville morte. Une planète perdue.
Elle s'allongea sur le dos, par terre, dans son
salon, comme dans une fusée qui la propulserait
vers une planète où elle trouverait encore des
êtres vivants, même avec des petites cornes vertes
et des yeux globuleux. Était-elle absolument
seule à Paris en ce 13 août ? Fallait-il aller chercher dehors un autre Norvégien, près du bassin
du Trocadéro, par exemple ?

Elle s'assit sur le grand canapé face à la télévision, qu'elle alluma pour découvrir les images
d'horreur habituelles. Plus un flash d'information concernant les voleurs de chiens. Une
femme, en gros plan, racontait qu'on lui avait
pris son superbe petit chien chinois, « le nez plat
et le regard ému ». Nora zappa pour retrouver
de semblables images du Rwanda, des camions,
la poussière, un médecin qui se plaignait que
l'intendance ne suivait pas.

Elle regarda son grand living-room. Le vide
l'écrasait. Elle songea à l'époque où elle avait
voulu – quatre ans après la mort de son mari –
adopter un enfant. Ses démarches s'étaient soldées par un refus, compte tenu des défauts que

lui reprochait l'administration : elle avait trente-cinq ans, elle frôlait l'âge limite légal. Elle n'était pas mariée. « Veuve ! Ça revient au même, madame ! » Elle ne possédait aucune fortune personnelle. Si elle perdait son travail, l'enfant adopté se retrouverait auprès d'une mère chômeuse. Peut-être les fonctionnaires avaient-ils raison, mais tous ces arguments lui semblaient dérisoires et tristes. Combien d'enfants, victimes privilégiées de ce siècle fou, étaient restés prisonniers des dossiers ? Qui peut jamais garantir un emploi à vie ? D'ailleurs, comment définir la vie ? Et sa durée ? Il suffit de traverser devant un automobiliste en état d'ivresse qui brûle un feu rouge, et fini la vie. Qu'est-ce qui lui restait, à elle, Nora ? La création. « Il faut que j'invente des modèles adaptés à notre époque. Faut-il vêtir, ou en quelque sorte dévêtir, les gens, pour être à la mode ? Pour être distribuée dans les grands magasins ? » réfléchissait-elle. En tout cas, elle devait sortir d'ici, à l'instant. Briser la solitude de sa cage élégante et si chère.

Elle devait retourner au bureau. Pour être sûre que l'immeuble était toujours là et « ses » murs à elle aussi. Il fallait parler à quelqu'un.

Elle s'habilla en coton clair, elle passa sans lever le regard à côté de la loge de la concierge, prit sa voiture laissée dans une rue transversale. Les poignées la brûlèrent ; l'intérieur était une boîte de conserve en ébullition. Elle tourna la clé de contact, direction l'avenue Montaigne. Elle roulait assez rapidement, distraite aux carrefours. Méchamment en danger. Le gardien serait-il là aujourd'hui ? Un 13 août ? Ou bien la maison de couture était-elle fermée et les systèmes d'alarme branchés ? Elle trouva facilement une place de parking sur l'avenue vide. En la quittant, elle jeta sur sa voiture un regard désabusé. « Il faut rompre avec les objets, se dit-elle. Un homme-objet, un objet décoratif ou un objet qui roule, il faut rompre. Que ça cesse. Que les liens qu'on ne supporte plus, cessent. » Comme une adolescente qui joue au méchant garçon, de son pied nu à peine protégé par une sandale à lanières, elle donna un coup de pied sur un pneu. La douleur lui fit hausser les épaules, elle se traita d'idiote, et marcha vers la maison de couture. Derrière la porte vitrée, un grand type, blond et sérieux, la regardait avec méfiance. Il ouvrit le lourd battant en verre épais, fermé de l'intérieur.

— Vous désirez ?

— Je suis Nora Abram, styliste et directrice de l'exportation.

— Vous avez un papier d'identité ?

— Oui.

Elle sortit de son sac sa carte d'identité. Aucune profession n'y figurait.

— Vous n'avez pas tellement l'air d'une directrice. Vous n'avez pas d'autre document ?

Elle trouva par hasard l'une de ses cartes de visite.

— Là... ça vous suffit ? Mon bureau est au septième étage. Numéro 755. J'aimerais bien y monter.

— Vous avez oublié quelque chose ?

— Non, dit-elle. Non.

— On est le 13 août, il est seize heures quinze.

Elle fut prise d'un immense agacement. On était en train de l'exclure de sa propre existence.

— Vous ne risquez rien, dit-elle. Je n'ai pas la moindre bombe à placer.

Elle ouvrit son sac.

— Je voudrais simplement retourner à mon atelier.

Le gardien, sans doute engagé pour une période intérimaire, la dévisagea.

— Travailler ? Vous devriez faire des choses plus intéressantes. A votre place...

— Vous n'êtes pas à ma place. Et je ne vais pas vous raconter l'histoire de ma vie. Si vous pouviez ne pas me retarder davantage, je vous serais reconnaissante.

Il restait perplexe. Alors elle tenta une boutade :

— Et si je voulais noyer un chagrin d'amour dans le travail ? Qu'en pensez-vous ?

— Je pourrais vous consoler..., suggéra-t-il.

— Je veux dessiner.

— Je vous accompagne, annonça le type aux yeux bleus.

– Vous êtes d'un pays nordique ?

– Normand, répondit-il. Je suis normand.

Elle avait une envie soudaine de blanc et de blond. De si blond, de si soigné et de si tendre. Le garçon se faisait tout doux maintenant. Du velours.

– Je suis étudiant en troisième année d'architecture. Je suis là pour un travail d'été. Je vous accompagne, dit-il. Pour le plaisir. C'est tout un voyage jusqu'au septième étage.

– Je préfère que vous ne montiez pas, répliqua-t-elle. Supposez qu'il y ait une panne d'électricité, on resterait coincés pendant tout le week-end.

– Avec des provisions, quel excellent programme! dit-il. Mais je vous rassure, on peut appeler de l'ascenseur un central de dépannage. Je ne veux pas vous laisser partir si triste...

Il posa sa grande main lisse sur la taille de Nora. Elle en sentit la douceur à travers le fin tissu.

Dans le hall immense, profitant d'une tache d'ombre, il l'embrassa. Sa bouche était fraîche. Elle ne se dégagea pas trop rapidement. Son contact était agréable, réconfortant. Mais il fallait couper court à cette scène digne d'un feuilleton pour adolescents. Nora se voyait comme de l'extérieur. Une grande fille, style mannequin – métier oblige – dans les bras d'un type sympa. Elle crut entendre le fameux « Coupez ». L'image était dans la boîte. Elle se dégagea.

— Vous insistez ? dit-elle. Inutile.

Elle remarqua qu'ils étaient striés d'ombres et de lumières. Le tout blond, le tout blanc, le tout doux la changeait de ses habitudes.

— Je pourrais vous aimer, dit-il. Venez chez moi. Vous êtes...

Elle le fit taire. Les mains fortes du Normand parcoururent le corps de Nora.

Elle le repoussa. Il marmonna quelques mots d'excuse.

Elle arriva troublée au septième étage. Comme dans un rêve, elle s'installa à sa table, se mit à dessiner. Soudain, elle explosait d'idées, elle dessinait des mannequins avec une tête de chat, elle pensait au chat noir, elle retrouvait son idée de vêtements, en coton noir, décolletés. Pour femmes qui marchent comme les chats, aux mouvements voluptueux. Un fourreau noir, dont le grand V du décolleté se terminerait par une large boucle en métal. Presque un bouclier. Pour qu'on ne vous plante pas un couteau juste à cet endroit, là où la colonne vertébrale blessée vous laisserait infirme pour la vie.

Elle chassa ces sombres pensées. Pourquoi songer aux attaques, aux armes, aux moyens de défense ? « C'est l'époque », soupira-t-elle. Elle ouvrit sa radio posée sur la table : une journaliste interviewait longuement une propriétaire de chien.

« Il n'était même pas de pure race, mais d'une

intelligence rare et d'un odorat exceptionnel. On me l'a volé... Quel monde... » Nora fit taire la radio. Elle se mit à dessiner une cavalière vêtue d'un pantalon noir et d'une tunique assortie. Ce personnage fuyait une meute de chiens étranges qui la poursuivaient. L'affaire des chiens volés la préoccupait, certes, mais il fallait penser plutôt aux enfants et aux vieillards. « Pourquoi les vieillards ? » s'interrogea-t-elle. Il faut sauver aussi les jeunes et les chiens. Elle déposa le crayon, commença à marcher de long en large dans son bureau. Dans un tiroir, elle retrouva une photo de l'amant noir, qu'elle déchira, puis d'un dossier s'échappa le portrait d'un ancien ministre, un veuf qui l'avait approchée et qui lui avait dit : « Vous portez admirablement les robes du soir, vous parlez quatre langues, vous êtes ravissante, exactement ce qu'il faut à mon standing. Voulez-vous m'épouser ? »

Elle haussa les épaules, déchira cette photo aussi. Le nettoyage par le vide. Il lui fallait une autre vie, avec un vrai compagnon. Mais qui ? Un enfant ? Le petit Français abandonné qui attend une mère, on le lui refuserait parce qu'elle avait dépassé l'âge, qu'elle n'avait pas de mari et pas un contrat à vie avec la vie. Elle pensa une fois de plus au bébé jeté dans le vide-ordures. Ça arrive, paraît-il, deux ou trois fois par an. A la demande qu'elle avait adressée pour ce nouveau-né sauvé de justesse du broyeur, on n'avait donné aucune suite. Elle hocha la tête. Il lui fallait un chien. Beau ou laid, qu'importe. Mais fidèle, franc, un chien qui l'accompagnerait partout. Faudrait-il limiter les voyages, ou d'emblée habituer le chien à supporter les soutes des avions? Un grand chien, un ami qui ne la tromperait pas, qui lui demanderait seulement de l'affection. Ce que personne n'attendait d'elle depuis la mort de son mari. L'affection. L'immense dose d'affection et de tendresse qu'elle portait en elle était un volcan prêt à exploser. Il fallait que ce volcan déverse sa lave sur un chien. Il comprendrait, lui, que ce pauvre être humain à deux pattes possède un si grand cœur qu'il pourrait aimer toute une meute.

Chapitre XII

Les kidnappings de chiens continuaient. Les voyantes invitées aux informations de vingt heures, perplexes, avouaient qu'elles étaient dans le brouillard. Un philosophe professionnel attribuait ces événements à des éléments incontrôlables, des fomentateurs de révolution contre une société occidentale obnubilée par l'amour des animaux et capable de laisser les humains mourir de faim et de froid. Les laboratoires spécialisés dans la recherche biologique étaient sous surveillance, les associations de défense des animaux guettaient le moindre signe suspect.

Où disparaissaient les chiens ? Mme Farge prenait mille précautions supplémentaires : Princesse circulait à l'intérieur de l'hôtel particulier entourée de ses quatre chiots sous l'œil d'une installation d'alerte électronique.

Le vétérinaire, au cours de ses visites quotidiennes, suivait avec une attention extrême le développement des chiots gris clair marqués d'une ligne argentée sur le dos. Avec leurs yeux bleus, ils ressemblaient un peu aux chiens du Grand Nord mais leurs corps étaient plus fins. La femme de ménage insistait auprès de Mme Farge.

— Vous devriez les laisser sortir dans le jardin. Vous n'allez pas garder cinq chiens à l'intérieur de la maison.

— Pour attirer les voleurs ? demanda Mme Farge.

Elle avait raison d'avoir peur.

*

Sur le plan administratif réintégré dans ses fonctions, mais pas encore officiellement délégué à la direction des recherches de Sumura, Gérard savourait ses derniers week-ends de liberté. Il avait acheté des rouleaux de papier peint dans un grand magasin. « Un enfant de six ans pourrait les poser, monsieur. » N'ayant aucun enfant de six ans sous la main, il n'avait pas réussi à ajuster les fleurs, corolles et pétales, et la chambre qu'il avait voulu rafraîchir prit l'allure d'un champ fou. Les fleurs et leurs tiges ne se retrouvaient pas.

Gérard était conscient qu'il allait recommencer sa carrière quasiment au bas de l'échelle. Mais du moins avait-il un travail, il pourrait

démontrer une fois de plus ses capacités profes-
sionnelles.

Que trouverait-il là-bas ? Une maison humide
et des moustiquaires trouées. Une Jeep usée et
des femmes débordantes d'amabilité qui laveront
son linge et prépareront ses repas. Elles seront
grosses et maternelles, et lui offriront des vierges
en cadeau de bienvenue. Il les refusera. Il avait
toujours évité des relations intimes avec les
femmes des pays où le portaient ses fonctions. Il
ne croyait plus aux couples mixtes ni aux liai-
sons temporaires. Il était tout, sauf le conquérant blanc qui use de son droit de cuissage au
nom de son fric, de sa couleur d'endive et de sa
position sociale.

Sa première femme avait peu résisté aux
rigueurs des divers climats, la deuxième avait
tout supporté. Mais c'était du passé. A son arrivée prochaine sur l'île de Sumura, il serait seul
et, en cas de panne d'électricité, il lirait de vieux
journaux à la lumière d'une lampe à pétrole.

A Paris, ses perspectives de rencontres étaient
inexistantes. Les filles jeunes qui aimaient
l'argent devenaient avec plaisir les jouets des
hommes de cinquante ans. A quarante-cinq
degrés à l'ombre, dans un trou où les araignées
se promenaient en liberté non surveillée, c'était
moins tentant. La nature de ces filles qui dans
leur subconscient cherchent le père était
complexe. A celui dont le sexe était défaillant et

qui n'était plus capable de virées dans les boîtes, il fallait la gloire.

Un pianiste mondialement connu, un vieillard célèbre dont le nom faisait trembler d'émotion les fervents de musique classique, avait pu épouser une fragile beauté qui l'avait accompagné jusqu'à son cercueil. Le couvercle refermé, elle s'était trouvée libre et riche. Un savant, genre prix Nobel, est aussi un individu glorieux. Il peut choisir n'importe laquelle de ses fans, il ne risque guère le refus. Les grands comédiens vampirisaient aussi sans trop de frais ces femmes en fleur. Mais lui, Gérard ? Il n'était pas grand – dans aucun sens du mot –, il n'avait pas de fortune personnelle, il n'était même pas rassurant. Quand il oubliait son masque mondain, son regard trahissait l'angoisse. Il lui faudrait, pensa-t-il, une femme de quarante ans, veuve ou divorcée. Intelligente, indépendante et fidèle, une femme qui aurait déjà encaissé le choc des mirages, qui aurait eu des déceptions, qui, tout en ayant une âme et un corps séduisants, aspirerait plus à la paix qu'à l'aventure. Existait-elle ? Si oui, où la trouver ? Il haussa les épaules. Cette femme souriante – détail important dans son fantasme – n'existait sûrement pas.

Il reçut enfin la lettre officielle de sa réintégration. La direction souhaitait qu'il consacre une dizaine de jours à l'étude des dossiers à la maison-mère et qu'il prenne connaissance des documents confidentiels concernant les gisements de Sumura. Dans l'après-midi, il fit une grande marche pour s'aérer de l'odeur de peinture. On ne rencontre plus personne par hasard, se dit-il. La rencontre est une question de chance. Ceux qui ont un travail foncent la tête baissée vers leurs rendez-vous d'affaires, et les femmes, après leurs heures de bureau, s'occupent de leurs courses ; tout le monde court, sauf ceux qui n'ont rien à faire. Ceux-là attendent chez eux. Une femme normale ? Qu'est-ce que c'est, une femme normale ? Et lui, était-il un homme normal ? Il songeait à une petite annonce dans le genre : « Homme début de cinquantaine, bons revenus, cherche femme sans enfant, prête à vivre l'aventure de la vie. Si vous avez envie de faire un bout de chemin avec un romantique, répondez sous le numéro... » Ces trucs étaient passés de mode depuis des décennies, et encore... Que de personnes s'étaient cassé le nez sur de tels fantasmes imprimés ! Jadis, pendant quelque temps étudiant en sociologie, il avait voulu écrire sa thèse de doctorat sur les aventuriers de la lutte anti-solitude. Devant la masse de lettres reçues en réponse à son annonce factice, il avait abandonné son sujet de thèse, désarmé devant les gens qui se livraient, cœur et âme perdus. Et lui ? Était-il au moins intéressant intellectuellement ? Il ne lisait que des romans noirs américains. Parfois, il abandonnait au milieu de sa lecture et le meurtrier restait figé, le revolver à la main, sur la page. Ah, cette femme de quarante ans! Il l'imaginait mince, libre de complexes, camarade de lutte, agréable au lit. Mais pas une méduse de l'amour physique dont la frustration laisse des traces brûlantes. Elle devait avoir un métier. Rien de pire que de se heurter le soir à une femme reposée, qui attend l'homme providentiel pour sortir et voir une comédie à succès. D'ailleurs, Gérard n'aimait que la science-fiction. L'un de ses rares flirts avait fait naufrage à cause de *Robocop*; une autre femme s'était enfuie lorsqu'il l'avait, de force, amenée voir un des remakes de *Frankenstein*. Il avait beau expliquer à la créature tremblante de peur – elle cachait son visage sur l'épaule de Gérard – que Frankenstein était l'invention d'une femme écrivain. Inutile d'insister. Tandis que lui, il frôlait la dépression au bout d'une demi-heure d'opéra. Il fermait les yeux en souhaitant un tremblement de terre. Et qu'on le sorte des décombres – enfin en silence.

*

Nora n'avait plus revu l'étudiant en architecture. Elle l'écarta de sa mémoire, ne demanda aucun renseignement à son sujet et se consacra à la recherche de nouveaux tissus. Il lui fallait un coton noir soyeux, une texture résistant à n'importe quel traitement sauvage. Un coton

165

noir infroissable. Robe du soir ou linceul, sari pour Indienne ou voile pour musulmanes. Le coton était pour elle un instrument de travail comme le mot pour un écrivain. Elle voulait concevoir une mode égalitaire. Portée par les riches et les pauvres, l'étudiante et la vieille femme, le même tissu dans d'innombrables variantes, une sorte d'uniforme, un uniforme que départageraient seulement les diversités des coupes nées de l'imagination de Nora. Elle oubliait le temps, elle n'écoutait pas la radio, elle ne regardait même pas la télévision. Elle cohabitait avec ses idées. Elle ne savait pas que les vols de chiens occupaient l'actualité.

*

Pour la sécurité de Princesse, Mme Farge s'était décidée : il fallait un homme à la maison. A l'occasion d'un des dîners rituels avec le vétérinaire, elle prononça prudemment :

— Vous me parliez de mariage. L'idée a fait son chemin. Si vous y pensez encore, je suis d'accord. Si vous avez changé d'avis, on oublie.

Intérieurement, le docteur Borda bondit de joie : la veuve et l'hôtel particulier étaient à sa disposition, il fallait juste prévenir Linda avec douceur.

La grande fille aux jambes aussi longues que les dents l'écouta en souriant.

– Mon trésor, dit-elle, je te comprends. Il ne faut pas passer à côté de l'occasion du siècle. Mme Farge possède un sous-sol de rêve. Tu doubleras ta clientèle. Tu imagines ? Neuilly ! Et nous, nous pourrions nous retrouver de temps à autre, ajouta-t-elle.

– Je ne crois pas, dit-il. Je suis maladivement honnête, et surmené, aussi. Tu le sais bien. Depuis que je gagne ma vie et surtout celle des autres, j'ai toujours eu une double existence. C'est épuisant. Je n'ai plus l'énergie de végéter dans des mensonges perpétuels. Je voudrais prendre ma retraite sentimentale et surtout physique.

Elle le rassura.

– Tu es parfait physiquement.

– Avec toi. Parce que c'est toi.

– Je vais te libérer de tes problèmes moraux, l'assura-t-elle. Je n'aurais pas voulu passer mon existence, un masque sur le nez, à fouiller les tripes des bêtes. Si tu m'avais épousée, je t'aurais demandé d'engager une assistante. Je ne demande pas mieux que de me libérer de mon travail et de vivre agréablement dans un petit appartement élégant. Tu voulais m'offrir un pied-à-terre. Je reprendrai le chemin de l'université. Tu couvriras mon budget d'étudiante. En retard par rapport aux autres, mais étudiante quand même.

Le docteur était soulagé, apaisé par la nature

conciliante de Linda. Il lui donna le feu vert pour qu'elle cherche un studio chic dans le XVIe arrondissement. Le docteur Borda, dorénavant fiancé, se crut obligé de prévenir Mme Farge de son manque d'ardeur sexuelle. Il le fit avec douceur : « Chérie, vous aurez un homme plus doué pour la conversation que pour les prouesses au lit. » Imaginant leur mariage, il entendait l'écho d'une voix étrange : « Voulez-vous prendre, jusqu'à ce que la mort vous sépare, ce sous-sol comme épouse ? » Il se corrigea : « Voulez-vous prendre Yvonne Farge comme épouse ? »

Yvonne, attendrie par l'honnêteté du médecin, lui chuchota des mots rassurants. Elle n'avait jamais aimé ça ! L'avenir leur souriait.

Chapitre XIII

Le départ sans cesse retardé pour l'île de Sumura était enfin fixé trois semaines plus tard. A son bureau, Gérard terminait l'étude des dossiers techniques. Un lundi, vers onze heures, la secrétaire frappa à la porte pour lui annoncer la visite d'un photographe attaché à un hebdomadaire célèbre.

— Il attend au salon. Il insiste, ça semble sérieux. Il m'a épuisée.

— Pourquoi n'a-t-il pas demandé rendez-vous par téléphone ?

— Il a tout essayé, monsieur. J'ai toujours refusé ses demandes de rendez-vous. Alors il est venu.

— Qu'est-ce qu'il veut ?

La secrétaire hocha la tête.

— Il ne le dira qu'à vous.

— Cinq minutes, dit Gérard.

Le jeune homme, grand, mince, aux cheveux déjà rares, était plutôt sympathique.

– Je m'appelle Dorfer, dit le photographe. Je travaille pour...

Et il prononça le nom d'un hebdomadaire connu.

– Que désirez-vous ?

– Me permettez-vous de vous montrer un document ?

– Allez-y, dit Gérard.

L'homme ouvrit un dossier et étala sur le bureau une série de photos. La première rangée était en noir et blanc, la deuxième en couleur. Gérard se reconnut sur le premier cliché. Goma. Il venait de quitter sa voiture. La portière était encore entrebâillée. Voûté, il avait le regard perdu. Deuxième photo. Encore lui, près de sa voiture. A l'arrière-plan une femme avec un enfant. Troisième photo : l'enfant est jeté dans les bras de Gérard. Quatrième photo : Gérard avec l'enfant, la femme écroulée par terre. Cinquième photo : Gérard entre dans sa voiture, l'enfant dans les bras. Puis une photo prise en plongée par la vitre arrière.

– Cette photo-là...

Le reporter pointa le doigt sur celle où Gérard tenait l'enfant.

– C'est celle qui justifie ma démarche.

– Pourquoi m'avez-vous photographié ? Je ne suis pas un fait divers. Je traversais la foule. C'est tout.

– Vous et l'enfant, c'était saisissant.

Gérard était gêné. Sa désertion, vue de l'extérieur, le bouleversait.

— Que voulez-vous ?

— Nous désirons publier cette photo en couverture. Les photos prises à l'extérieur sont généralement publiées sans autorisation du ou des sujets. Pourtant, je préférais vous consulter. Votre visage sera vu par des millions de personnes. D'ailleurs, nous désirons publier d'autres photos, notamment celle où vous tenez l'enfant sur vos genoux à l'intérieur de la voiture. Je suis venu solliciter votre accord. Une importante somme d'argent vous sera versée. Vous êtes le symbole de l'Occident en désarroi.

— Un symbole peut-être, mais pas à vendre, dit Gérard.

Il promenait son regard sur les images.

— Vous étiez dans la foule ?

— Oui. Votre présence avait attiré mon attention. Les images dictaient leur loi. La voiture s'arrête et l'homme blanc prend l'enfant noir.

— Après, dit Gérard d'une voix rauque, quand nous avons déposé l'enfant mort au bord de la route, vous m'avez photographié aussi ?

— J'ai la photo, dit le visiteur. Mais nous ne souhaitons pas la publier. Trop triste.

— A quoi sert votre reportage ?

— Vous représentez la solidarité.

— Vous plaisantez ?

— Non, monsieur.

171

– Moi, en fuite, je représente la solidarité ?

– On peut penser que vous cherchiez un enfant à sauver.

– Je partais.

– Qu'importe ! Vous êtes l'emblème de l'Occident fraternel.

– Je ne peux pas jouer la vedette d'un cataclysme historique, dit Gérard, un goût de bile dans la bouche.

– Je respecte vos scrupules, admit Dorfer. Mais vous avez tort. Les images sont là. Elles saisiront le public. Un homme, un enfant, une mère mourante...

– Qu'est-ce que je suis par rapport à tout ça ? Rien. Un pion sur un échiquier, dit Gérard.

Dorfer, marchant en long et en large, prononça un chiffre élevé. La somme que paierait le journal pour ce reportage. Gérard songea aussitôt à Médecins sans Frontières. L'argent pourrait servir à installer une ou deux stations de purification d'eau.

– Je voudrais réfléchir, dit-il.

– Nous devons boucler le numéro. Vous avez trois heures, pas plus. Appelez-moi, je vous prie.

– Et si je refuse ?

– Selon nos services juridiques, nous ne courons pas un risque important en publiant ces photos. Je vous signale aussi que nous soulignerons le rôle que vous jouez au sein d'IPC. « Un représentant officiel du marché pétrolier confronté au carnage. Son geste humanitaire. »

Il déposa sa carte sur le bureau et partit.
Gérard ne disposait plus d'aucune marge
d'erreur vis-à-vis de sa société. Un deuxième
faux pas, et il retournait peindre au Vésinet.
Gérard demanda à sa secrétaire d'établir un
contact d'urgence avec la haute direction de
Houston. La permanence qui traitait des affaires
européennes le mit aussitôt en relation directe
avec l'adjoint du grand patron qui contrôlait les
filiales dans le monde entier. Au bout d'une
heure, et malgré le décalage horaire, Gérard
obtint l'accord de son supérieur. La confirmation
signée arriva par télécopie. Gérard appela le
photographe pour autoriser la publication, à
condition que les photos paraissent exclusive-
ment en noir et blanc. Il précisa :

— Je voudrais que le chèque soit établi au
nom de Médecins sans Frontières. Prenez
contact avec l'organisation. Dites que c'est de la
part du personnage qui apparaît sur la photo.
Un homme qui a eu le réflexe de tendre les bras
pour recevoir un enfant mourant. C'est tout.

*

« Il faut être moins sensible, moins vulnérable. » Nora se raisonnait : on ne doit pas se
rendre malade parce que la concierge a repris
brutalement son chat. Il fallait oublier l'incident
et passer avec indifférence à côté de la loge. La

173

vie normale allait bientôt recommencer, la maison de couture s'animait. Les employés, de retour des vacances, pareils aux oiseaux migrateurs, venaient de se poser doucement sur leur chaise encore libre. Ils laissaient les portes de leur bureau ouvertes pour manifester leur présence, échangeaient des mots prudents devant le distributeur de café. Ils racontaient leurs vacances, et se renseignaient sur les potins. Parlait-on encore du repreneur ?

Le dernier dimanche d'août, dans l'après-midi, Nora acheta quelques publications au kiosque proche de l'immeuble qu'elle habitait. Dans son appartement, l'air était épais et le silence pesant. Elle se reprocha d'avoir fait un tel vide autour d'elle. Elle déposa les publications sur une table, hésitante. Une seule chose l'apaisait : le rangement, l'ordre. Elle remit des objets égarés à leur place, elle ramassa des livres laissés ici ou là. Elle chargea la machine à laver la vaisselle et jeta des pots de yoghourt vides. En débarrassant le réfrigérateur de quelques fruits oubliés, il lui vint soudain à l'esprit que ces tomates presque gelées étaient à l'image de ses propres relations mondaines. Il fallait renouer avec la société et répondre aux invitations. Mais elle irait dorénavant seule, à la fois pour manifester l'indépendance qu'elle conservait à l'intérieur de sa liaison et faire cesser les ragots. La présence de l'amant noir avait – dès ses pre-

mières apparitions en public avec lui – suscité la jalousie des femmes et créé un certain malaise chez les hommes. Personne n'admettait qu'elle pût agir en fonction de ses idéaux, ridicules sans doute, mais authentiques. Elle s'était trompée, le couple qu'ils formaient alimentait des potins, on la félicitait en glissant des sous-entendus perfides sur les performances physiques dont elle profitait sûrement. L'une de ses amies – c'est ainsi qu'à Paris on désigne volontiers une relation mondaine – lui avait dit, lorsque Nora avait refusé son invitation dans sa maison de campagne pour le week-end : « Tu préfères deux jours de sexe non-stop, mon chou, tu as raison. » Une autre, connue pour sa distinction, avait complètement dérapé le jour où elle avait fait connaissance de l'amant noir. Avec un clin d'œil surprenant chez cette femme si élégante, elle lui avait susurré : « Bravo, tu te débrouilles bien ! Quand tu en auras assez, prête-le-moi ». La riche et snob épouse d'un mari aux cheveux blancs et au regard doux l'avait appelée le lendemain d'un cocktail : « A ta place, j'aurais fait la même chose. Si j'avais enterré mon pauvre Thibaud, j'aurais choisi – comme toi – la liberté et le sexe. On peut se le permettre, ce luxe, même sans avoir ton talent, même si on n'est pas une artiste – comme toi. »
Au début, Nora voulut expliquer qu'il y avait autre chose que le choc des épidermes, mais ses

belles théories sur les couples mixtes n'intéressaient personne. Elle comprit qu'il valait mieux éviter de se montrer ensemble. La différence de couleur – aux yeux occidentaux – leur ôtait tout crédit. Leur intimité n'était pas non plus une réussite. Lui, toujours dominé par la crainte du péché, avait des réactions souvent abruptes. D'autre part, l'absence d'une culture commune restreignait leurs conversation. Nora avait espéré que la communauté noire l'accueillerait avec fraternité. Erreur. Plusieurs fois plongée dans le milieu de son amant, le regard pesant des femmes africaines l'avait blessée. Elles la toléraient mal. Certains intellectuels noirs lui témoignaient une curiosité polie teintée de méfiance. Que cherchait-elle, cette femme connue, auprès de leur compatriote qui n'avait pas la même culture, ni les manières qu'elle pouvait souhaiter ? Était-elle friande d'exotisme, recherchait-elle des expériences inédites ?

Désireuse de se confier, elle avait exposé cette situation à un homme âgé qui n'avait plus rien à apprendre de la vie.

– J'ai cru que la présence de mon amant noir serait un défi exemplaire. Ça ne marche pas. On nous regarde comme si nous étions des pièces d'exposition. J'ai l'impression d'être en 1900, dans le zoo humain de Hagenbach, en Allemagne. Je n'ai jamais réussi à faire oublier nos couleurs. Sa dépendance religieuse aggrave les choses. J'ai été presque injuriée par son directeur de conscience, en tout cas traitée de « péché mortel ».

— Mais cet homme, avait demandé l'ami, vaut-il cet effort ? se comporte-t-il comme un partenaire dans cette aventure ?

— Non, reconnut-elle. Hélas, non. Tout le problème est là. Il n'est ni Mandela, ni quelque porte-parole des opprimés. Il est entré dans le confort, et moi dans un conformisme effroyable. J'aurais été moins critiquée auprès d'un fakir, couchée sur une planche à clous.

— Vous n'auriez eu aucun bénéfice moral, dit l'ami. On aurait prétendu que le contact des clous vous excitait physiquement.

*

« Il faut en terminer ! » se dit-elle une fois de plus, ayant jeté deux œufs oubliés depuis des semaines dans la boîte spéciale qui leur était réservée. La cuisine prit bientôt une allure aimable, et le sac à poubelle gonflé à bloc attendait son départ vers les containers. Dans quelques jours, ils seraient tous de retour, tous les locataires et les copropriétaires. Tout le monde. Elle s'allongea sur le grand canapé en cuir du salon et, au moment où elle choisissait un magazine dans la pile, on sonna. Elle se leva brusquement. Quelqu'un avait dû se tromper d'étage.

Par le judas, elle vit sur le palier la concierge qui attendait avec un bouquet de fleurs.

Nora ouvrit la porte d'un geste sec.

— Je voulais juste vous présenter mes excuses, dit Mme Cortes. J'ai été idiote, par jalousie. Je vous ai froissée, je le regrette. J'ai repris mon chat sans la moindre politesse.

Elle tendit maladroitement les fleurs. Nora les prit lentement.

— Si vous avez le temps, entrez...

La concierge s'assit dans un des larges fauteuils en cuir du salon. Elle se tint bien droite de peur de glisser au fond.

— Je vais vous expliquer, madame...

Nora n'avait pas envie de comprendre. Ni d'écouter. Elle se domina.

— J'étais furieuse de voir l'infidélité de ce chat, vous comprenez. Mon mari est infidèle aussi. A vrai dire, il n'est pas venu en Espagne. C'est moi qui ai dû conduire les enfants. Il a prétendu au dernier moment que sa mère était tombée malade et qu'il devait rester auprès d'elle. Mais il a passé les quinze jours de vacances avec sa maîtresse. Sous prétexte qu'il s'installait chez sa mère, il ne pouvait pas se déplacer pour nourrir le chat. Sa mère habite en banlieue, mais sa maîtresse a son logement à deux rues d'ici. Quand j'ai appris ça, madame... j'étais folle de rage...

— Je suis désolée, dit Nora. Mais ce genre de

chose arrive assez souvent. Vous n'êtes pas la première femme trompée au monde. Il y en a beaucoup.

Combien de fois lui avait-on répété, lorsqu'elle ne pouvait pas réprimer ses larmes : « Vous n'êtes pas la première femme dont le mari est mort. Il faut vous habituer à cette nouvelle situation. Les chagrins ? Tout le monde en a. La vie continue. Vous n'êtes pas différente des autres. » On la mouchait avec des mots durs. Ce traitement l'avait aidée à se rééduquer. Pour se venger, sans doute – la concierge était une proie apparemment facile –, Nora répéta machinalement :

– Vous n'êtes pas la seule femme à être trahie. Depuis que l'homme et la femme existent, c'est la même histoire.

Mme Cortes leva les bras.

– Mais quand ça vous arrive à vous, c'est tout neuf. Ce n'est plus une histoire que l'on vous raconte. C'est votre vie. Ça change tout. Voyez-vous, le chat... j'ai voulu qu'il m'aime. Qu'il m'aime vraiment.

– Si vous voulez être aimée sans conditions, il vous faut un chien, dit Nora. Un chien est plus fidèle qu'un homme. Le chat est capricieux, indépendant. Il vous aime à ses heures. Tandis que vous pouvez compter sur l'affection permanente du chien.

La concierge se frotta le nez :

— Non, je ne crois pas que vous ayez raison.

Nora, résignée, jeta un coup d'œil sur son bra-
celet-montre.

— Un jour, j'ai eu un chien, dit Mme Cortes,
un chien trop aimable. Il aimait tout le monde.
Je n'attire que les infidèles.

Nora se leva :

— Je vais mettre vos fleurs dans l'eau... Vous
permettez ?

Elle alla à la cuisine, fit couler l'eau dans un
vase en cristal en espérant le départ de la
concierge. La voix haut perchée lui parvint du
salon :

— Le monsieur noir, on ne le voit plus ? Il
était très poli. Je ne suis pas raciste, mais il y a
des Noirs qui...

— Il y a aussi des Français, des Portugais et
des Espagnols...

Nora décida d'éviter la suite. Elle posa le vase
plein de fleurs sur une petite table du salon et se
retourna brusquement vers la concierge :

— Je suis seule parce que je veux l'être.

Pourquoi se dévoiler à cette femme ? Elles
n'avaient pas échangé plus de vingt phrases en
quelques années. Pourquoi lui dire qu'elle pourrait avoir autour d'elle une foule de types
médiocres mais qu'elle préférait la solitude,
qu'elle n'acceptait pas de baisser d'un cran ses
exigences, ni de solder ses rêves juste pour
s'assurer une compagnie. La concierge s'exclama :

– Vous avez décidé d'être seule ? Seule, comme ça ? C'est bizarre.

Cette locataire chic, cette femme qui créait la mode, était si gâtée par la vie qu'elle préférait être seule que d'avoir auprès d'elle un homme décevant. « Ces gens-là... », pensa la concierge. Ils ont tout, même le sexe, quand ils le veulent. Avec un soupçon de perfidie, elle continua :

– Le monsieur noir était vraiment bien. Je le voyais partir chaque samedi à dix-sept heures trente. Un jour – juste comme il sortait –, il m'a saluée et m'a dit qu'il allait à la messe de dix-huit heures. Ces gens-là sont souvent très croyants. Sauf quand ils célèbrent leurs cérémonies dans les forêts, avec le visage bariolé.

Quel film avait-elle vu récemment à la télé ? *Mogambo ?* Clark Gable et Ava Gardner ? Qui encore ? Peut-être Grace Kelly.

– Mme Cortes, vos images de l'Afrique datent de cinquante ans.

– L'autre jour, j'ai vu un film en couleur à la télé. Un film avec des Noirs en noir et blanc, c'est moins bien.

– Mon ami ne danse pas dans une forêt avec le visage bariolé, dit Nora glacée. Il est professeur de géographie et géologue.

La concierge s'exclama :

– Je ne parlais pas de lui, je parlais en général. Il ne faut pas le prendre mal.

Elle ajouta :

– Un jour, il va épouser quelqu'un comme lui, non ?

Tout était dans cette phrase : la critique, la blessure, l'égratignure. Il y avait tout. « Vous blanche, lui noir, le sexe, la liaison. »

Nora répondit, imperturbable :

– Les questions d'apparence physique ne devraient pas jouer un rôle important dans les relations humaines.

La concierge fit semblant de frissonner.

– Un jour, un monsieur arabe m'a demandé de danser avec lui. J'ai eu peur.

– De quoi ?

– Je ne sais pas.

Elle conclut en offrant l'armistice.

– Vous avez raison, madame. Si les gens étaient comme vous, le monde serait meilleur.

Elle partit apaisée. Elle avait déversé son venin, ses remords, ses craintes et la honte de sa féminité trahie. Nora referma la porte, boucla la chaîne. Elle n'ouvrirait plus, à personne sauf au commandant Cousteau. « Si le commandant Cousteau me rendait visite, je lui déroulerais un tapis rouge. » Installée sur le canapé, elle reprit son hebdomadaire. Sur la couverture, un homme au visage dramatique. Il tenait dans ses bras un enfant noir. Près de l'homme, une fantomatique femme noire : la mère ? Elle venait de confier l'enfant au voyageur. Le titre : « L'Afrique meurt, l'Occident pleure. » Nora lut l'article.

L'homme s'appelait Gérard Martin, c'était l'un des directeurs d'une compagnie pétrolière multinationale. En traversant la zone dévastée par la catastrophe du Rwanda, il avait sauvé un enfant. Une succession d'images illustraient la scène. L'intérieur de la voiture avait été photographié par la vitre arrière.

« Voilà un homme que je voudrais connaître, se dit Nora. Comment l'approcher ? Et que lui dire ? » Elle chercha le numéro de la rédaction de la publication, appela aussitôt : une aimable secrétaire lui répondit qu'on ne communiquait jamais l'adresse ni le numéro de téléphone des personnes dont on publie les photos, « mais dans le texte, vous trouverez le renseignement que vous souhaitez ». Elle avait lu l'article avec une telle rapidité qu'elle n'avait pas vu le sigle IPC. Elle poussa un soupir. Il fallait téléphoner au standard de cette société et demander M. Gérard Martin, tout simplement. Elle voulait savoir s'il avait pu ramener l'enfant en France. Et ce que cet enfant était devenu. Elle composa plusieurs fois le numéro ; un disque répondait que par suite d'encombrement, il fallait renouveler l'appel.

Le lendemain matin, elle réussit à parler à l'une des standardistes d'IPC. Depuis la parution de l'hebdomadaire, les lignes du secrétariat de Gérard Martin étaient saturées. Soudée à son téléphone, Nora apprit le numéro par cœur. Au bureau, elle l'inscrivit dans la mémoire de son ordinateur. Trois jours plus tard, à neuf heures et demie du matin, elle put enfin parler à la secrétaire particulière de Gérard Martin. Nora se présenta comme membre d'une délégation humanitaire arrivée de Suède. Elle aurait aimé rencontrer Gérard Martin. La secrétaire répondit que M. Gérard Martin n'accordait pas de rendez-vous actuellement et ne répondait à aucune question concernant son passage au Rwanda.

– Je conduis, insista Nora, une délégation de femmes. Si je pouvais avoir un rendez-vous avec Mme Gérard Martin pour connaître son opinion sur cet épisode crucial de la vie de son mari, ce serait aussi très intéressant.

Comme tant de femmes depuis la création du monde, elle voulait savoir si l'homme qui la passionnait était marié ou non. La secrétaire hésita avant de répondre :

– Mme Gérard Martin se trouve actuellement au Japon.

Il était donc marié. C'était à prévoir. Tout le monde est marié. Plus ou moins bien. Pourquoi avait-elle nourri, sans se l'avouer à elle-même, l'espoir qu'il était libre ? Il n'y a pas d'homme libre. Et même, une vieille liaison est plus pesante qu'un mariage raté. Elle pensa aussi qu'il pouvait tout simplement être heureux. Pourquoi ne serait-il pas heureux avec sa femme ? Était-elle française ou japonaise ? « Une relation avec un homme marié est un puits de souffrance », lui avait dit un jour une amie. Elle avait raison. Il fallait oublier Gérard Martin.

En fin d'après-midi, l'amant noir l'appela au bureau. Il s'était présenté poliment. Était-ce vraiment vrai qu'elle ne voulait plus le rencontrer ? Elle, impatiente, lui avait demandé s'il avait vu la couverture du fameux hebdomadaire.
– Non.
Elle s'était exclamée :
– Tu n'as pas vu la photo d'un homme qui tient un enfant noir dans ses bras, sur une route du Rwanda, à la frontière du Zaïre ?
– Non.
Sa voix monta d'un ton.
– Il vaut mieux que tu ne m'appelles plus. Je risque de perdre mon sang-froid et de gâcher ce qui reste d'agréable de notre liaison.
– Les Rwandais ne se comportent pas selon les règles de la foi chrétienne, la fraternité devrait les empêcher d'exprimer leurs stupides instincts meurtriers.
Elle raccrocha dans un geste de colère.

*

La nuit suivante, Princesse fut volée. Avec ses quatre chiots. Mme Farge reçut par injection une grande dose de calmant.

*

Le public versatile se fatigue de certains événements. C'était la rentrée, période pénible après les vacances insouciantes. Être assommé par la politique, c'était fatal ; appréhender le chômage, c'était le destin. Mais qu'on ressorte les histoires des chiens volés, alors non. Ça suffit. La mort était devenue banale au Rwanda. On assassinait les Français en Algérie et, à Sarajevo, les gens mouraient en voulant acheter du pain et chercher un peu d'eau. Alors les chiens ? Les événements qui ravageaient le monde concentraient l'intérêt des gens sur de trop sanglants faits de guerre.

Mme Farge, après une légère alerte cardiaque, se retourna vers le vétérinaire dont elle réclama le soutien. Ils avaient demandé un rendez-vous avec quelqu'un de l'équipe de *Trente millions d'amis*. L'accueil fut aimable et compatissant. « Aidez-nous », supplia Mme Farge. On leur promit de publier la photo de Princesse avec ses chiots. C'était un chien rare, donc apparemment facile à repérer. Mais si les voleurs l'avait déjà expédiée dans un pays étranger, l'affaire semblait difficile à résoudre. Une femelle de cette race était particulièrement appréciée, surtout entourée de ses chiots. Elle représentait, pour les connaisseurs, une fortune.

Une longue période passa, sans aucune nouvelle. Mme Farge végétait, elle ne sortait plus, elle ne recevait chez elle que le vétérinaire. Elle attendait un appel, elle espérait que Princesse, kidnappée, ferait l'objet d'une demande de rançon.

– Je vendrais même l'hôtel particulier, dit Mme Farge. Je ferais n'importe quel sacrifice.

Le vétérinaire la raisonnait.

– Ce ne serait pas le moment. Vous n'obtiendriez jamais la somme correspondant à la valeur réelle de l'immeuble. La crise, ma chère, n'oubliez pas la crise. De plus, si par miracle vous trouviez un acheteur, vous n'auriez plus de toit.

Il pensait avec tristesse aux magnifiques sous-sols inoccupés. Mme Farge, de son côté, était obligée d'apprendre à maîtriser son chagrin. Oser se plaindre, les yeux larmoyants, à cause d'un chien ? Les colères explosaient : « Que faites--vous pour les Rwandais, pour les Bosniaques ? Est-ce que ces malheureux vous font pleurer aussi ? Le monde est cruel. Imaginez-vous vraiment qu'on va gémir avec vous ? A cause d'un chien ? »

Le monde lui paraissait de plus en plus féroce, il s'acharnait sur elle. Comment faire comprendre à des gens hostiles ou moqueurs qu'on peut aimer une bête comme on aime un enfant ? Un tel degré d'attachement à un animal indispose l'entourage. La femme de ménage évoquait les malheurs des « sans domicile fixe ». « Ça ne vous fait rien, madame, un clochard qui vit dans un carton ? » Mme Farge ne mangeait plus, elle frôlait l'anorexie. Pourquoi aller chez le boucher – jadis ami – quand on n'ose plus se plaindre ? Ne lui avait-il pas dit, lui aussi : « Un chien de perdu, dix de retrouvés ! » Consulter le pharmacien ? Il la regardait avec cette sorte de pitié qu'on réserve aux gens dont le cerveau est affaibli : « Prendre des calmants à cause d'un chien, madame ! C'est un peu dommage ! Mais vous faites comme vous voulez. Attention à la dose. »

Finalement, Mme Farge ferma les volets de l'hôtel particulier, renvoya la femme de ménage, fit disparaître les objets qui appartenaient à Princesse. Elle descendit dans de grands sacs à poubelle, au sous-sol, tout ce qui appartenait aux chiens, y compris les petits jouets qu'elle avait achetés pour les chiots. Elle voulut bricoler un bûcher et tout brûler. Mais, appelés par les voisins, les pompiers seraient intervenus. Il fallait garder ces sacs à poubelle remplis de passé, puis les déposer dans des containers pour que les éboueurs les emportent.

Chapitre XIV

Depuis la parution de ses photos, l'existence de Gérard avait changé. On s'adressait à lui pour tout et pour rien. Les appels et les entrevues se succédaient. IPC, la multinationale devenue célèbre d'un jour à l'autre, saisit l'occasion de faire parler de ses actions sur le plan écologique. Ses ingénieurs spécialistes de la nature luttaient pour préserver l'environnement des émanations des puits. L'argent du pétrole servait aussi la défense de l'environnement. On songeait même à créer une émission qui aurait ressemblé à « Ushuaïa », mais, outre qu'on risquait le plagiat, Gérard n'avait ni l'âge ni le tempérament à se lancer dans des exploits audacieux et souvent dangereux pour illustrer la générosité d'IPC.

Grisé par le succès, il perdait le sommeil. Il se levait à l'aube pour étudier ses dossiers et préparer ses réunions. Il griffonnait chaque jour ses réflexions sur la vie et l'humanité. « Personne ne me lira, se disait-il. Mais qu'importe, les mots continuent à vivre sur le papier et clarifient les idées. » Il analysait sa situation : sa chance était démesurée, il fallait gérer la manne. Peu après la publication des photos, le président-directeur général du secteur français d'IPC avait eu une troisième alerte cardiaque, peut-être liée à l'idée que son successeur, même involontairement, le poussait dehors. Il avait sagement accepté une préretraite dorée, accompagnée d'indemnités et de compensations de toutes sortes. Les responsables de Houston, toujours rapides, avaient voulu nommer à sa place Gérard Martin, qu'un hebdomadaire américain avait désigné « l'homme de l'année ». Gérard avait eu confirmation de sa nomination à onze heures, à quinze il occupait déjà le bureau principal dont les baies vitrées s'ouvraient sur Paris. L'entourage devint étonnamment obséquieux. Derrière son dos, on commentait les événements. En vérité, on ne souhaitait que lui tirer le tapis sous les pieds.

Il allait garder sa maison du Vésinet pour les week-ends et s'installer dans un appartement de fonction avenue Foch. Côté soleil. Standing oblige.

*

Gérard songeait même à une éventuelle reconquête de Yoko. Qu'importe le thé vert, si la tasse est tenue avec grâce. Sa femme, si distinguée, aurait été une apparition parfaite sous les lustres en cristal de l'appartement aux plafonds hauts, meublé en Empire et en Louis XVI authentique. Il appela Yoko à Tokyo. Elle s'efforça de se montrer admirative, mais sa décision concernant le divorce était irrévocable. « D'ailleurs, ajouta-t-elle avec sa délicatesse naturelle, votre situation matérielle n'a jamais eu d'importance dans nos relations. » « Eh bien, conclut Gérard, c'est moi qu'elle jette. »

La procédure devait aboutir en quelques mois.

En fin de semaine, Gérard désertait ses grands salons et se réfugiait dans sa maison, dont il soignait toujours scrupuleusement le jardin. Il fit enlever le reste du petit mur recouvert de plantes folles, décida de réunir les deux terrains, de nourrir d'eau et d'engrais les arbustes, les fleurs et ce qu'il restait encore de la végétation, jadis décorative. Le jardin était son refuge mental, son apaisement.

Pendant ces week-ends, plongé dans ses réflexions, il pensait souvent à Yoko, une femme de tête. Elle avait pris la direction de l'empire de son père. Seule héritière, tout en protégeant sa mère, elle avait décidé de se battre et de dominer présidents et vice-présidents de leur royaume commercial. Ces femmes étaient invincibles!

*

La police courait inlassablement après les voleurs de chiens. Les nouvelles contradictoires se succédaient. Certains auraient vu une camionnette chargée de chiens passer la frontière italienne, d'autres auraient repéré, par les vitres d'une limousine, un chien attaché à la banquette arrière. Mme Farge fut appelée plusieurs fois : des voix souvent déguisées promettaient des nouvelles concernant Princesse contre telle ou telle somme. Deux fois elle avait payé, deux fois les informations s'étaient révélées fausses. Elle comprit qu'il n'y avait plus rien à espérer.

Le docteur Borda parlait souvent de mariage. Ce n'était plus une question de sous-sol, il s'agissait d'Yvonne. Une femme capable d'un tel attachement pour son chien était sans doute la compagne idéale pour un vétérinaire.

– Grâce à vous, je pourrais m'épanouir dans mon métier. Sans sombrer dans la routine. Vous passerez votre existence auprès de moi à soulager la souffrance des animaux.

Elle posait sur lui un regard ému. Le docteur acheta un appartement élégant pour son assistante. Linda était satisfaite. Les temps étaient durs pour les maîtresses aussi. Cette liaison se terminait bien, avec un cadeau important. Troisième dauphine d'une Miss France quelques années plus tôt, elle pensa avec assurance que sa beauté périgourdine ne l'avait pas trahie.

Le mariage d'Yvonne et Julien eut lieu à Neuilly dans la plus stricte intimité. Quelques lointains héritiers d'Yvonne, déçus, boudaient dans un coin de la mairie.

*

Depuis son adolescence, Gérard était un homme sociable. Il soignait ses relations, il écrivait des petits mots aimables, il n'oubliait pas les fêtes. Il avait quelques amis belges. Parmi eux, un homme politique qui avait pris depuis longtemps sa retraite dans son château au milieu des Ardennes. Ils s'invitaient souvent, ils refusaient toujours. Cette fois, Gérard décida de lui rendre visite. Xavier se traitait de « vieux baron », « vieux » pour pouvoir dire « baron ». Il voulait se conformer aux règles de ce siècle qui piétinait le passé. Pourtant, une habitude enracinée l'incitait à utiliser son titre. Le « vieux baron » ressentait de l'affection pour l'agréable Français, il attendait l'hôte désiré dans ce château de neuf chambres, où le grand salon s'alourdissait de la présence d'une cheminée démesurée. L'argent se faisait rare, on n'effectuait que les réparations indispensables. Dans les forêts alentour, se promenaient encore quelques sangliers fringants. Xavier était un homme de grande culture, il écrivait des poèmes que publiaient des éditeurs locaux.

Après avoir accusé tant de chocs – le Rwanda, sa fuite, sa propre condamnation à une clochardisation programmée, puis l'extrême jubilation de sa nomination –, Gérard partit en direction de la Belgique. L'automne était chaud. Il conduisait doucement. Il se détendait dans sa voiture, au moteur puissant et silencieux et aux vitres fumées. Il atteignit le nord de la France, traversa des villes jadis de grande beauté devenues des cités blessées par le chômage. Près d'une station-service, juste avant la frontière belge, il s'arrêta pour prendre un café. Le bistrot du village était situé au ras de la route. On pouvait à peine ranger la voiture. La porte du café était munie d'une cloche. Par ici, le ciel était gris et les gens plutôt silencieux. Dans le Nord, on naît avec des instincts de défense et une forme de pitié à l'égard de ceux qui abordent ces paysages, apparemment austères, sans la capacité d'en apprécier l'atmosphère. Ici, depuis la nuit des temps, on circule dans des tableaux de Jérôme Bosch et on roule dans les chansons de Brel.

Gérard entra dans le bistrot, se dirigea vers les toilettes. En passant le long du zinc, il commanda un café, non sans un regard prudent vers une vieille machine expresso, un vrai train à vapeur. L'itinéraire fléché vers les WC lui fit traverser une partie de la cour. Il buta dans un trou et, se rattrapant de justesse, il reprit son équilibre et aperçut derrière un grillage rudimentaire deux jeunes chiens de couleur argent, à la silhouette élancée. Sur leur dos brillait une ligne gris clair. Il crut reconnaître les chiens qui avaient été, il y a quelques mois, désespérément recherchés. A l'époque, comme il voulait lui-même un chien, il avait consulté la revue qui publiait leurs photos. Son cœur s'accéléra. Ces chiens étaient sans doute ceux de la nichée de Princesse, la chienne volée. Il réfléchit. Que faire? Ils avaient sans doute été revendus au cafetier. Il revint vers le patron qui s'affairait derrière le zinc.

— Votre café, dit le patron. Là. Vous voulez des croissants! J'en ai encore...

— Non, merci, dit Gérard. Vous permettez que je vous pose une question?

Le patron du café se mit aussitôt sur la défensive. Il se méfiait de tant de politesse. Les gens aussi bien habillés, avec des voitures pareilles, qui font des manières pour demander un renseignement, c'est suspect.

— Que voulez-vous savoir?

— Les deux superbes chiens, là, derrière...

Le patron du café haussa les épaules.

— Pour être beaux, ils sont beaux, mais difficiles à nourrir. La viande coûte cher de nos jours.

— Vous les avez achetés, ces chiens?

— Je les ai trouvés, mon bon monsieur. Oui, ça vous étonne, mais c'est comme ça. Je les ai trouvés près de mes poubelles. Une nuit, j'ai entendu comme un gémissement. J'ai fait le tour de la maison et j'ai trouvé les deux chiots, affamés. L'un de mes clients est vétérinaire – il passe souvent par ici, il soigne le chat de ma femme –, il est venu les examiner. On a mis une annonce dans *La Voix du Nord*. Personne n'a répondu.

Gérard était terriblement excité.

– Est-ce que vous accepteriez de me les vendre ?

– Prenez les deux! Quelqu'un les a jetés! Ils sont beaux, trop beaux. Ils n'aboient même pas. Dès que j'ouvre le grillage, ils cherchent à s'enfuir. On voulait les donner à la Société protectrice des animaux de Lille, mais il n'y avait plus de place. Heureusement, il y a la cour pour les garder, et j'essaie de les habituer à tout manger. Prenez-les... Si vous les voulez...

– Les prendre ? répéta Gérard. Les prendre ? En tout cas, pas comme ça. J'aimerais les acheter pour faire une immense surprise à une dame qui dépérit de chagrin à cause d'eux.

– Vous ne pouvez pas m'acheter ce qui ne m'appartient pas, dit le patron. Je serais content de m'en débarrasser. Elles ne sont pas heureuses ici, ces bêtes.

Il hésita.

– Il faut que je marque votre nom, votre adresse. Tout le monde a l'œil sur ces chiens : la SPA, le vétérinaire aussi. Je ne veux pas qu'on

imagine que j'ai fait des combines. Ils sont gen-
tils, mais un peu hautains, genre chiens de luxe.
On a dû les larguer d'un véhicule en passant par
ici. L'un avait les deux pattes de devant blessées
et l'autre la hanche fêlée. Le vétérinaire les a
guéris.

Gérard ne tenait plus en place.

— Mais vous êtes dans un état incroyable,
remarqua le patron. On dirait que vous avez
retrouvé vos enfants...

— Je vous l'ai dit, une femme est au désespoir,
elle a eu un immense chagrin à cause de la mère
de ces deux chiens.

— Ah bon ? Il y avait une femelle aussi ?

— Oui, dit Gérard. Vous permettez que je
téléphone ?

— C'est là-bas, dit le patron. Le coin là-bas. Si
vous voulez parler d'ici, vous pouvez. L'appareil
est sur le comptoir.

Gérard se précipita vers la cabine. Il avait
toujours de la monnaie dans sa poche et une
carte téléphonique. Il appela les renseignements,
obtint en quelques secondes le numéro de téléphone de Mme Farge. Le téléphone sonna longtemps à Neuilly. Enfin on décrocha.

— Allô ?

— Bonjour, madame. Vous êtes bien Mme
Farge ?

— Oui, reconnut-elle d'une voix éteinte.

— Je m'appelle Gérard Martin. J'ai suivi

l'histoire de vos chiens. Je vous ai vue lors d'une émission à la télévision. A l'époque, je vous ai même envoyé un petit mot.

— Sans doute, monsieur, murmura-t-elle. Sans doute. J'ai eu des montagnes de messages...

— Je suis de passage dans un village perdu, en direction de la Belgique. Je vous appelle d'un café. Je crois avoir retrouvé deux chiots de votre Princesse.

Il les décrivit avec tendresse et minutie. Elle l'écoutait, souffle coupé.

— En êtes-vous sûr ?

— Presque sûr. Pratiquement sûr. Je vous donne l'adresse.

Mme Farge répétait, comme droguée :

— Les enfants de Princesse ? Les enfants de Princesse ?

— Ils ont une ligne sur le dos. Une ligne argentée. Je veux dire, des poils très clairs.

Et Gérard terre à terre, Gérard créateur de synthèses commerciales, Gérard maître des exposés arides et des définitions péremptoires de fin de réunions, prononça, ému :

— On dirait qu'un pinceau trempé dans de l'argent a marqué leur dos.

Mme Farge avait réussi à inscrire l'adresse et le numéro de téléphone donnés par Gérard. Celui-ci revint vers le patron du bistrot.

— Monsieur, la dame à qui on a volé la mère de ces chiens...

Le patron soupira :

– Ça s'appelle une femelle.

Gérard ne voulait pas le contrarier.

– ... Elle sera là bientôt. Le temps du voyage en voiture depuis Paris. En attendant, je vous donne déjà de l'argent pour compenser un peu vos dépenses. Mme Farge – elle s'appelle Mme Farge – arrive. Elle a tant pleuré.

Le patron observait ce curieux type. Son bon sens, son habitude du quotidien et de la lutte pour la survie l'incitèrent à le provoquer.

– Qu'est-ce qu'elle aurait fait si elle avait perdu un membre de sa famille ?

Gérard répondit, étonné d'entendre ses propres paroles :

– Pour elle, c'était sa famille.

– Une folle, alors. Les folles, il y en a partout, non ?

Gérard expliqua que l'amour d'un animal, surtout à ce degré, n'est pas forcément une folie. Comme il avait mis deux mille francs – quatre billets de cinq cents francs – sur le zinc, le patron du café décida de se taire. Contrarier un deuxième fou ? Un fou qui distribue la manne sur le zinc ? Il valait mieux laisser faire.

– Tout est pour moi ?

Gérard répondit :

– Ce n'est qu'un début. Vous verrez...

Il ajouta :

– Je vous en supplie, qu'il n'arrive rien à ces

chiens jusqu'au moment où leur propriétaire sera là! S'il vous plaît.

Le patron hocha la tête.

— C'est pas mal! Je les ai sauvés, je les ai guéris, je les ai enfermés derrière un grillage pour les préserver, et vous êtes inquiet pour quelques heures d'attente de plus.

Le patron alla vers la porte qui s'ouvrait sur l'autre côté de la maison.

— Maman, cria-t-il, maman!

Du premier étage, une voix de femme répondit :

— Quoi? Qu'est-ce que tu veux?

— Les chiots, les chiots abandonnés, quelqu'un les a reconnus, on va venir les chercher.

Elle répondit d'une voix forte :

— Ça m'arrange. Ils sont mignons, mais difficiles! Des chiens pour riches. Attends, je descends. Je veux connaître cette personne qui les réclame.

Une femme débonnaire apparut. Elle dévisagea Gérard.

— C'est vous qui les avez perdus?

Gérard lui expliqua que la mère de ces chiens appartenait à l'une de ses amies, que lui, il était de passage et que cette coïncidence n'était rien d'autre qu'un miracle.

— Miracle? dit la femme. N'exagérons rien! Les voleurs n'ont pas dû réussir à les vendre, ils sont spéciaux, ces chiens. Vous avez vu? Ils ont une ligne d'argent sur le dos.

Gérard reprit, le cœur léger, le chemin des Ardennes pour retrouver le vieux baron dans son château.

*

Mme Farge, en proie à un bonheur extrême, atteignit très vite la ville frontière et trouva le bistrot. Elle salua le patron, les yeux embués de larmes. Le vétérinaire, qui l'accompagnait, serra la main de l'homme, étonné de l'arrivée aussi rapide de ce couple et de leur émotion profonde.

– Venez par ici, dit la patronne. Venez.

Mme Farge annonça l'âge des chiens : ils avaient déjà presque six mois. Elle traversa la petite cour, où, derrière le grillage, les deux chiots la regardaient. Puis, quelque chose se produisit, quelque chose de faramineux, qui n'est compréhensible qu'à ceux qui connaissent les relations entre les chiens et les êtres humains. Les deux chiots tremblaient, le frisson fronçait leur épiderme au poil ras, leurs grands yeux clairs reflétaient l'émotion.

La patronne du bistrot eut quelque difficulté à ouvrir le portail bricolé – deux morceaux de bois attachés ensemble et un grillage tendu sur des piquets mal taillés. Les chiens hésitaient à sortir, déjà habitués à leur prison. Mme Farge se mit à genoux et ouvrit les bras :

– Venez ! On s'est quittés il y a longtemps. Vous étiez des bébés. Venez.

201

Ils s'approchèrent, la contournèrent et la touchèrent avec leur truffe noire et mouillée. Le premier chiot donna un grand coup de langue sur la joue droite de Mme Farge, l'autre se cala contre elle.

La patronne du bistrot s'exclama :

– Ça fait un drôle d'effet.

Ensuite ce fut la fête. La patronne prépara un excellent repas, les chiots, couchés aux pieds de Mme Farge, reniflaient de temps en temps les jambes du vétérinaire. Les habitants du hameau s'étaient rassemblés pour voir ces inconnus qui avaient retrouvé leurs chiens. Mme Farge offrit un chèque de dix mille francs au patron du bistrot et un autre chèque de vingt mille francs à l'épouse, lorsqu'elle apprit qu'ils avaient deux enfants d'âge scolaire. « Je vous donnerai ce que vous voulez dans l'avenir. Si vous avez besoin de quelque chose, appelez-moi. »

Numéro de téléphone, échange de promesses, embrassades et départ.

Mme Farge avait pris place sur la banquette arrière, les deux chiens dans ses bras. Le vétérinaire conduisait en pensant qu'au fond, il avait trouvé la femme qu'il lui fallait. Mieux que des assistantes rousses ou blondes, mieux que des filles qui n'étaient que tentation et désir, lui, il avait trouvé Mme Farge. Oui, c'était la femme dont il avait besoin.

Chapitre XV

Gérard, joyeux, roulait vers la Belgique. Plus tôt, au téléphone, il avait fait de belles promesses à l'ex-Mme Farge, maintenant Mme Borda et à son mari. « Évidemment, je serais heureux de vous rencontrer. Mais oui, cher docteur, si un jour j'ai un chien, je m'adresserai à vous. Je vous l'avoue, j'ai songé à me trouver un chien-compagnon, mais ma vie vient de changer, j'ai remis le projet à plus tard. Oui, j'ai une maison avec un jardin. »

Mme ex-Farge lui avait garanti la reconnaissance éternelle de leur couple. Elle parlait de leur couple comme d'un objet, ou d'une personne. « Notre couple est comblé. » L'expression sentait la naphtaline comme jadis les manteaux de fourrure.

« Des gens aimables », pensa Gérard. Il roulait sur les routes bien entretenues qui menaient vers le château situé près d'une colline boisée. Accueilli par le vieux baron qui l'attendait sur le

large perron, Gérard était envahi par une sensa-
tion de bien-être. Comme dans les légendes, le
fils, l'âme en bandoulière, revenait vers le père.

— Vous avez toujours éveillé en moi un sentiment de frustration, dit-il à son hôte tandis qu'ils
bavardaient devant la cheminée. Je n'ai pas eu la
présence d'un père.

Quelle que fût la température extérieure, il
faisait toujours frais dans le grand salon. Les
flammes rassuraient, elles s'attaquaient aux
bûches un peu humides.

— J'ai toujours essayé, dit le vieux baron, de
définir le vrai rôle du père. Je crois qu'il a plus
de pouvoir mort que vivant. Mort, il manque, on
lui prête des qualités extraordinaires. Vivant, on
le piétine souvent pour se libérer de lui. En cas
de drames familiaux, on le charge de responsabilités morales, il devient la cause, l'origine des
vices qui font dévier les vies.

— Vous ne pouvez pas généraliser.

— Mon rôle de père à moi s'est terminé par un
échec cuisant. J'ai quelque part dans le monde
un fils que je n'ai pas vu depuis vingt ans. Il a
assassiné mon instinct paternel.

— Que s'est-il passé entre vous ?

— Il nous haïssait dès son adolescence. Alors
que ma femme mourait d'un cancer, il est revenu
pour savoir combien de temps l'agonie allait
durer. Ensuite, sachant qu'il n'y avait pas
d'argent à attendre, il est parti sans laisser
d'adresse.

– Sans raison ?

– Il représente pour moi une erreur génétique. On ne peut pas savoir ce qu'on engendre. Un saint, un monstre, un petit bourgeois méticuleux, un œil sur vos meubles, qui fait lors de chaque visite l'inventaire. Non. On n'en sait rien. On ne court pas plus de risque en adoptant un enfant trouvé qu'en ensemençant une femme dans un élan d'amour. La mienne est morte, elle est enterrée dans le cimetière près du village, notre fils n'est jamais venu pour y déposer une seule fleur.

Il caressait machinalement la tête de son chien, un berger des Pyrénées. Une grande masse de poils et d'affection.

Gérard racontait l'histoire de Mme ex-Farge, les vols de chiens, sa chance d'avoir retrouvé deux bêtes recherchées depuis des mois.

– Voler des chiens de race, dit le vieux baron, c'est peut-être une volonté de se venger d'une société molle et gâtée. On vole des chiens chers parce qu'ils vivent mieux que les gens qui errent dans les rues. Le vol des chiens est un symptôme sociologique. On veut punir les nantis d'amour. C'est aussi triste que ça.

Il se pencha vers Gérard.

– En dehors des infirmités que la vieillesse nous réserve, il y a pire.

– Quoi ? demanda Gérard, la gorge serrée.

– C'est qu'à un moment donné, on comprend

tout. Tous les points de vue. Sauf celui d'un type que vous avez engendré et qui vous tue.

*

Le vieux baron vivait sur une passerelle entre deux mondes, le passé et le présent. Raffiné, cultivé, il aimait l'élégance et il n'était pas riche. Il avait le minimum vital digne de lui. Il était servi par un aimable Portugais qui ne le quittait pas. Même pas pour Noël.

Ce soir-là, malgré la tiédeur de l'air au-dehors, les bûches flambaient dans la cheminée. Le baron écoutait les histoires de Gérard, il commentait les événements du Rwanda. Et la solitude de son ami français. Gérard haussa les épaules.

– Je me suis si souvent trompé que je préfère rester seul que de vivre une union née d'un mélange de compromis et de lâcheté. J'ai raté deux mariages. Je n'ai plus de marge.

Le baron se leva, encore suffisamment souple pour quitter son fauteuil profond d'un seul élan. Le chien remua.

– Haïr est tellement plus facile qu'aimer. On retombe actuellement dans un Moyen Age débordant d'ordinateurs. Ce qui serait utile, ce serait un bureau des sentiments trouvés. On y déposerait des sentiments que les gens auraient perdus ou abandonnés, on vous les rendrait plus tard.

Gérard avait l'habitude des métaphores de son hôte. Il sourit.

– Expliquez-vous.

Le baron marchait de long en large. Le parquet grinçait sous ses pieds.

– Il faudrait créer un local où déposer des sentiments qu'on abandonne méchamment ou par bêtise. Les démunis d'affection pourraient y passer choisir le sentiment dont ils ont besoin. L'amour gaspillé serait recueilli et redistribué.

L'obscurité tombait. Le Portugais annonça, à mi-voix et sans accent, le dîner. Gérard aperçut dans la pénombre que les fresques sur les hauts plafonds étaient légèrement tachetées. La moisissure s'attaquait au château.

Qu'importe, pensa-t-il. Ici, il était dans le domaine de la philosophie et de la culture. Le château demeurait le symbole d'un peuple qui avait connu autant de grandeur que de violence ou de médiocrité imposée par les caprices de l'Histoire. Il se sentait proche de ce peuple de cœur, de ce peuple déchiré.

– Cher ami, vous nous voyez avec les yeux de l'amitié. Tant mieux, nous avons besoin d'affection.

*

Gérard passa la nuit dans un lit-bateau Empire. Du matelas – il avait des hauts et des bas, des bosses et des creux – se dégageait une odeur de paille et de moisissure. Au matin, il se leva et se lava avec une eau plus froide que tiède. Un jet filiforme le mouilla suffisamment et il se frotta avec des serviettes-éponges râpeuses.

Il retrouva le baron à la salle à manger. La cafetière contenait un breuvage tiède, au goût de métal.

– Mon employé est un homme de toute confiance. D'ailleurs, ici, le plus grand trésor que je possède est la confiance. Mais il est incapable de préparer un bon café. Et je ne veux pas le froisser.

– Vous buvez toujours ça ? demanda Gérard.

– Je vais à pied au village, il y a un bistrot dont le café est excellent.

Il ajouta :

– Vous êtes ici chez vous. Si je ne vous laisse pas le château en héritage, c'est que vous seriez – en cas d'acceptation – ruiné par les droits de succession.

– Et votre fils ? dit Gérard.

– Je l'ai frappé d'une déclaration d'indignité, je préférerais un incendie que de l'imaginer ici...

– Vous m'avez fait hier un beau discours sur l'inutilité de la haine.

Le vieux baron sourit. Ses épais sourcils blancs avaient frémi.

– Qui parle de haine ? Mon fils est un assassin. On ne hait pas un assassin, on l'élimine de

208

sa vie. Je vous le redis, ça me soulage. Il a assassiné mon instinct paternel. J'ai créé ici une fondation pour personnes âgées. J'ai exigé une seule chose.

— Quoi ?

— Qu'on fleurisse la tombe de ma femme.

— Et vous ?

— Je désire que mes cendres soient dispersées dans la forêt.

Il ouvrit les bras.

— Je veux devenir arbre !

*

Mme ex-Farge l'appela au bureau une semaine après son retour.

— Cher monsieur, avez-vous un peu de temps pour m'écouter ?

— Bien sûr. J'espère que les chiens vont bien, qu'ils sont heureux enfin, de retour chez eux.

Elle susurra :

— Ils sont heureux... Il faut que je vous dise... que je vous dise la vérité. Nous voudrions vous donner autant de bonheur que vous nous en avez procuré.

— Mais non, madame. Mais non. N'exagérons pas.

— Si. Nous ne trouverons pas la paix, mon mari et moi, sans le geste que nous désirons accomplir.

Gérard se méfiait de la suite.

– Je ne vois pas le rôle que je pourrais jouer dans votre paix intérieure.

Elle continua, tenace :

– Je ne connais pas vos conditions familiales. Si vous êtes marié ou célibataire. Mais je sais que vous avez un jardin et un grand cœur. Alors...

– Je vous écoute...

– Est-ce que l'un de mes chiens retrouvés vous ferait plaisir ? Il y a un mâle et une femelle. Elle est stérile. Quand on l'a jetée de la voiture, elle a eu les hanches blessées. Il n'en reste aucune trace extérieure. Elle est d'une douceur extrême. Elle serait une compagne parfaite pour un homme occupé qui aime qu'on l'attende et qu'on le reçoive avec bonheur quand il rentre chez lui.

Gérard se crispa. Une telle intrusion dans sa vie personnelle le dérangeait.

– Vous m'entendez, monsieur Martin ?

– Oui, oui. On est toujours étonné quand on se découvre vu de l'extérieur. Je ne suis ni triste ni gai. Je suis un homme d'une banalité reposante. Je vous remercie de votre offre. Mais avant de prendre une décision, je dois réfléchir.

Elle l'interrompit :

– Cette chienne est une source d'amour. Elle est capable d'égayer votre existence. J'aime les bêtes au-delà de tout. Je vous offre ce qui m'est le plus cher...

« Gardez-la, voulut dire Gérard. Je ne mérite pas tant et surtout, je ne demande rien. » Mais il avait si peur de froisser Mme Farge et de repousser un élan de fraternité, qu'il ajouta prudemment :

– Il faudrait qu'elle puisse m'aimer aussi... Je ne suis pas forcément au goût de votre animal.

– Si, dit-elle. Si.

Quelques jours plus tard, Gérard devint le père, la mère, le frère, le tout-puissant seigneur et l'humble enfant d'une chienne craintive, parce que maltraitée par l'existence. Abandonnée une fois, allait-elle, un jour, retrouver sa confiance dans l'être humain ? Le processus serait laborieux, mais comment ne pas aimer cet homme qui l'avait découverte dans une cour grise où elle et son frère n'espéraient plus rien de jours uniformes ?

Chapitre XV

Nora était extrêmement habile lorsqu'il s'agissait de se débarrasser d'une présence. Elle glissait comme une anguille entre les mains de ceux qui prétendaient s'incruster dans sa vie. Elle organisait sa solitude de main de maître. Chaque fois que l'amant noir voulait – mine de rien – se réintroduire dans son existence, elle évoquait l'égoïsme de l'autre et ses propres exigences de tendresse. Et les ruptures. Elle reconnaissait les crises de conscience qui le tourmentaient, son air apparemment impassible lorsqu'il revenait penaud après ses périodes de contrition. Au début de leur liaison, elle n'était qu'indulgence, puis peu à peu elle devint insensible. Sa propre forme de cruauté l'amusait.

Elle se souvenait d'un appel au milieu du désert du mois d'août.

– Qu'est-ce que tu fais ?
– Ça te regarde ?
– Juste une question.

– Je ne réponds pas.

Il émit un grognement, mécontent.

– Je voudrais te dire bonjour.

– C'est fait. Le téléphone sert à ça. Tu as tout loisir de m'imaginer. Hier, dans mon institut de beauté, je me suis abandonnée à un massage avec de l'huile de plantes, mes ongles sont rouge vif, aux pieds aussi. Je suis légèrement en sueur, il fait si chaud. Je suis à peine habillée. Rien que de me voir ainsi, c'est l'antichambre de l'enfer. Au revoir.

Elle raccrocha, vêtue d'un training blanc en coton fin, acheté à Las Vegas. Elle était habillée comme une nonne sportive vouée aux joggings spirituels.

Depuis qu'elle avait repris le travail habituel, elle se sentait mieux, mais cette rentrée traînait. Il faisait si beau qu'au moindre prétexte, les gens fuyaient Paris dès le vendredi midi.

Ce 2 septembre était pour elle aussi vide qu'avait été le 13 août. Que faire d'un début de soirée où on a eu plus de plaisir à rejeter un amant, par téléphone interposé, qu'à coucher avec lui ? Appeler une telle ou telle ? Elle n'avait jamais consacré beaucoup de temps à l'amitié. Elle composa deux ou trois numéros. Les répondeurs diffusaient des messages drôles, sinon insolites, suivis ou précédés par des musiques idiotes. Ce jour-là, la planète Paris était devenue muette.

Elle entamerait une nouvelle vie, elle serait

plus sociable. Juré. Elle verrait même des gens inutiles à sa vie professionnelle.

Elle s'attaqua ce soir-là aux tiroirs remplis d'objets hétéroclites et de revues. « Celle-ci, j'aurais dû la lire. J'ai feuilleté celle-ci. Et dans celle-ci ? Ah oui, il y avait un reportage sur une nouvelle mode, qui prône l'absence de mode. La possibilité de tout porter, de tout jeter, de tout reprendre, de tout arranger. N'être rien et devenir ce que l'on voudrait être. »

Elle retrouva le magazine dont la couverture en noir et blanc représentait Gérard Martin. Assise par terre, elle la contemplait, puis elle chercha une loupe et se mit à examiner les traits de l'homme. Il avait un visage régulier et les yeux clairs. Il tenait l'enfant noir dans ses bras. « Est-il heureux ? Sans doute. Sa femme est-elle une Française séjournant au Japon ou une Japonaise aujourd'hui à Paris ? Que ferait-elle, Nora, dans la vie de cet homme ? Rien. Elle prit la revue et la jeta dans une corbeille à papier. Dans le réfrigérateur, elle trouva un gâteau de riz. C'était, d'après l'étiquette, le dernier jour possible de consommation. Elle prit une cuillère, s'assit sur la moquette du salon et, en mangeant, réfléchit. Elle termina le gâteau et se remit au rangement.

C'était l'heure du bilan. Elle avait exploré la Planète des Hommes. Était-elle satisfaite de ses résultats ? Non. Plus elle faisait d'ordre dans sa vie, plus elle ressentait le besoin du partage intellectuel.

Le téléphone se mit à sonner. Elle ne décrocha pas tout de suite. La sonnerie lui martelait la tête. Elle contourna l'appareil : c'était une forme de pouvoir de ne pas prendre l'écouteur. Et l'autre – elle devinait qui, elle en était même certaine –, l'autre insistait. Elle décrocha pour que la sonnerie cesse enfin. Sans l'ombre d'une émotion, l'amant noir interrogea :

– Bonjour, c'est moi. Tu es seule ou pas ?

– Je range.

– Je peux venir t'aider, s'il y a quelque chose à soulever ou à porter.

– On n'a rien à soulever. Et on n'a rien à se dire. Je connais tes discours sur la politique de ton pays, sur Dieu et sur le riz.

Il perdait pied.

– Mais qu'est-ce que je t'ai fait pour être aussi mal reçu ?

– Tu as dit que j'étais ton péché mortel. Je n'aime pas ça.

– Ce n'est pas une injure, dit-il. C'est une constatation. Mais on pourrait se retrouver pour un peu d'intimité.

– Tu plaisantes ?

– Non.

– Jamais plus.

– Pourquoi ?

Renonçant aux longues plaidoiries métaphysiques, elle répondit d'une manière abrupte :

– Je n'ai pas envie de toi.

Il se tut. L'idée qu'elle n'avait pas envie de lui le choquait. Le mâle souffrait. Il aurait adoré constater le désir de la femme blanche, et lui refuser satisfaction au nom de ses principes. La punir et se punir. Raté. Elle était plus forte, elle maîtrisait le sexe. Son cerveau disciplinait ses pulsions. Apparemment, rien n'avait de prise sur elle, ni l'argent, ni le sexe, ni la flatterie. Qu'est-ce qu'il restait ? Dieu. Elle n'en voulait pas. Du moins était-elle damnée. C'était déjà quelque chose.

– Au revoir, dit-il.

– Au revoir.

C'était l'aboutissement de leur liaison. « Quel luxe, pensa-t-elle, de repousser un sex-symbole. Quel gaspillage. » Elle se félicitait de ce gaspillage volontaire de sexe. C'était sa force.

Elle continua son rangement jusqu'à minuit, heure à laquelle elle mit la télévision en marche. On passait un film porno. Elle changea de chaîne.

Le lendemain matin, elle reprit la direction de l'immeuble de la maison de couture. Elle devait se remettre pour de bon à son travail et se rassurer. C'était la rentrée. Dans un couloir, elle aperçut le grand patron, tout bronzé. Ils échangèrent quelques mots. « J'attends tellement de vous », dit-il simplement.

Vers onze heures, elle appela le secrétariat de

M. Gérard Martin. Elle précisa que c'était personnel, mais pas urgent. Pour une raison dont elle ne sut jamais l'origine, la secrétaire établit la communication. Elle était si étonnée qu'elle trouvait à peine ses mots. Elle croyait à une démarche sans espoir et voilà que l'homme était au bout du fil.

– Vous souhaitiez me parler, madame ?

– Bonjour, monsieur. Je m'appelle Nora Abram, dit-elle. Au moment où vous êtes rentré du Rwanda, j'avais sollicité un rendez-vous.

Gérard Martin l'interrompit :

– Je ne veux plus parler du Rwanda, ni des photos publiées à ce sujet. Cette tragique affaire est terminée pour moi.

– C'est plus compliqué, monsieur, excusez-moi. Il s'agit de l'enfant que vous avez tenu dans vos bras.

Il voulut dire que l'enfant était mort mais cette réponse brutale le gênait. Pourquoi accabler l'inconnue ?

– Juste cinq minutes, insista-t-elle.

Éconduire cette femme à la voix si délicate ? Ce serait dommage.

– Prenez un rendez-vous avec ma secrétaire, dit-il.

Nora et la secrétaire s'étaient mises d'accord pour une date assez lointaine. Dès le moment où le rendez-vous lui avait été accordé, elle savait qu'elle l'annulerait. Elle n'avait plus rien à dire à cet homme. Quel intérêt pour lui, les émotions d'une inconnue, ses impressions, ses opinions subjectives ? « Monsieur, vous me plaisez parce que vous avez sauvé un enfant. Monsieur, j'ai été bouleversée. Je suis venue rien que pour vous dire que je vous admire. » Il la prendrait pour l'une de ces femmes dont la frustration s'exprime par des crises, par des révélations palpitantes et inutiles. L'affaire était réglée.

*

Chez Gérard, une entreprise ravie de la commande avait achevé les travaux du grand living-room aux baies vitrées qui reliait maintenant les deux maisons. Tout avait été exécuté rapidement, proprement. Au cours de cette période, le maire avait incité ses futurs électeurs à ravaler leur maison et à réparer les barrières. Il avait amélioré l'état des trottoirs et des petits squares. L'endroit était devenu aussi chic qu'une ville anglaise, vitrine pour touristes.

Les deux maisons maintenant réunies évoquaient l'atmosphère d'un manoir. L'arrivée du chien bouleversa la sérénité des lieux. Lentement, mais avec un vif intérêt, il explorait le grand jardin. Il avait trouvé derrière le garage un endroit discret pour ses besoins. D'instinct, il épargnait les buissons et les parterres de fleurs. Gérard l'appelait : le Chien. Femelle ou pas, pour lui c'était le Chien. Il se faufilait parmi les vieux meubles, s'allongeait mollement sur un tapis. Gérard le prenait parfois avec lui au bureau.

Par hasard, Gérard se rappela qu'une femme avait insisté pour avoir un rendez-vous, mais elle n'était pas venue. Homme précis et courtois, il regretta le manque de manières de l'inconnue. Par curiosité, il décida de lui faire envoyer une invitation à sa première grande réception. Elle s'appelait Abram... ou quelque chose dans ce genre. Elle avait sûrement laissé son adresse et son téléphone au secrétariat.

Chapitre XVI

Nora gardait ostensiblement la porte de son bureau ouverte. Les jeunes stylistes pouvaient entrer chez elle quand ils voulaient pour lui montrer des esquisses. « Tu crois que c'est bon ?
– Ça promet, répondait-elle. Continue. »

Depuis qu'elle avait délibérément saboté son rendez-vous avec Gérard Martin, elle s'était jetée dans un rythme absurde. Elle avait raison, estimait-elle, de ne pas aller à la rencontre de l'homme qui l'attirait. De quel droit se serait-elle introduite dans l'existence de Gérard Martin, sous prétexte de l'admirer ? « Allez admirer ailleurs, chère madame », se serait-elle entendu dire. Autour d'elle, ses collègues avaient tous quelqu'un dans leur vie. Homme ou femme, qu'importe. Le monde était peuplé de couples, faux ou vrais.

Un matin, dans le couloir, elle rencontra Donogan, le semeur de panique.

– Alors, vos cauchemars de cet été, que

deviennent-ils ? lui lança-t-elle. Vous avez inventé une belle histoire, sans doute pour vous rendre intéressant, non ?

— Il est encore là, chuchota le ringard. Oui, oui, il est encore là. Mais pour combien de temps ? Vous avez vu sa mine ?

— Quelle mine ? s'écria Nora. Ici tout le monde est bronzé et mince.

— Oui, dit le ringard, mais il est plus bronzé que les autres. Presque jaune. Il est peut-être malade.

Nora haussa les épaules et le quitta en le traitant de porte-malheur. Elle se dirigea vers la cafétéria. Elle avait envie d'un croissant et d'un café. Elle avait pris l'habitude de se doper pour lutter contre les vagues d'angoisse qui l'attaquaient à des moments de plus en plus inattendus. Quarante ans bientôt... « Quarante ans. Je n'ai pas adopté d'enfant et j'ai jeté mes amants à la porte. J'ai vidé ma vie comme une corbeille à papier. Le seul homme que j'ai aimé est réduit en cendres et moi je ne suis que poussière. »

Elle tremblait parfois, prise d'obscures pressentiments. Elle refusait ses terreurs, elle se rappelait à l'ordre. Lorsqu'on a la chance de ne pas avoir une grave maladie, on n'a pas le droit d'être triste ni découragé. De se laisser dépérir par absence de tendresse. Ce jour-là, elle rentrait du bureau, dans sa petite voiture serrée entre deux autres véhicules – un pot d'échappement devant, un pare-chocs derrière. Une question l'obsédait : « Que faire de la vie ? »

Soudain, ce fut l'accrochage. Quelqu'un hurla :

— Vous rêvez, ou quoi ? Vous conduisez les yeux fermés ! Vous vous croyez dans une boîte à sardines ?

Elle signa le constat dans une fumée bleue. Les gens, bloqués dans leur véhicule par l'accident, vociféraient. Indifférent, le drapeau français se roulait et se déroulait sous l'Arc de Triomphe. Magnifique Paris. Toutes ces villes superbes : Paris, New York, Tokyo, Atlanta. Des villes de solitude. En signant les papiers sur le capot du véhicule, elle souriait. N'était-ce pas aussi le constat d'échec de son existence ? Juste devant l'Arc de Triomphe, dans l'axe gauche du Soldat inconnu, à dix-huit heures vingt-cinq, Nora Abram fut assaillie par une bouffée de solitude, et ce fut l'accrochage. Elle paierait sa dette pour la faute commise : une vie ratée. Elle aurait dû se remarier tout de suite après la mort de son mari. Sans trop réfléchir, elle aurait pu choisir de se cramponner à une structure sociale confortable, avec quelqu'un du même milieu, de la même langue maternelle, de la même culture. Mais alors, son imagination n'aurait-elle pas souffert du conformisme oppressant des règles hypocrites ? Aurait-elle eu autant de pouvoir créatif pour inventer toujours les nouveaux modèles, les nouvelles lignes qui faisaient son succès ? Parlerait-elle encore de création, d'invitations, de voyages, si elle était liée à un vieux renard de la politique ? A un infatigable conquérant du pouvoir ?

Elle conduisait lentement, respectant les passages cloutés. Une vieille dame traversa l'avenue Foch, sa canne levée pour avertir et mettre en garde les conducteurs.

« Elle devrait avoir un chien », pensa Nora. Enfin, pas forcément. Il faut un minimum de force pour tenir un chien. La dame avançait sur la ligne de feu. « La vieillesse dans la solitude, c'est la guerre au Vietnam », pensa Nora. Il vaut mieux mourir avant. En une seconde. Elle se voyait à la place de cette femme, mais accompagnée d'un chien. Celui qui était mort pour elle ? Elle s'essuya le visage avec le dos de sa main. Elle avait honte de ses larmes.

*

En entrant dans son immeuble, elle passa devant la loge de la concierge qui l'avait aperçue à travers la porte vitrée. Elle sortit et saisit le bras de Nora.

– Mademoiselle Abram, j'ai une demande importante à vous adresser... Vous avez une minute ?

Si elle répondait : « Non, je n'ai pas une minute » ? Elle garda son calme.

— Qu'y-a-t-il ?

— Le chat.

Nora interrompit la concierge.

— Je ne veux plus entendre parler du chat.

— Excusez-moi, madame. Je sais, c'est ma faute. Je vous l'ai dit. Ce n'est pas la faute du chat.

— En effet. Que voulez-vous ?

— Je divorce. Je retourne en Espagne. Je vais habiter chez ma mère. Je vous laisse le chat... si vous l'acceptez. Vous l'avez bien aimé. Il vous tiendra compagnie.

C'est formidable, les gens. Ils réclament l'impossible et font en sorte que leur demande apparaisse comme une bonne action de leur part. Nora résista.

— Je n'ai pas une vie qui s'accommode d'un chat à demeure. Il sera le seul toute la journée.

— Mademoiselle Abram, si vous ne le prenez pas, il va finir à la fourrière, répliqua la concierge vivement. Vous avez dit que c'était un chat agréable, ajouta-t-elle. On va le piquer. Ou le gazer... Je ne sais pas comment ils exécutent, actuellement.

Nora suffoqua. On lui imposait la responsabilité d'une vie : la fourrière ou son appartement. Nora Abram allait remplacer Dieu, le destin, le hasard. Elle pouvait donner la mort, sinon accorder la vie. Poison, gaz, extermination. Enfer.

UNE QUESTION DE CHANCE

C'était un chantage. A la place du revolver, l'alternative : « Ça dépend de vous ! La vie ou la mort... » Attiré par la voix de Nora, le chat traversa la loge, s'approcha du seuil de la porte. Il s'assit.

— Vous me forcez la main, dit Nora.

La concierge se moucha.

— Pardon, je suis brusque. Ne vous inquiétez pas. Il ne sentira rien. On les liquide sans douleur. Il souffrira un peu pendant le transport. Il aura peur. Elles sont intelligentes, ces bêtes.

Nora se pencha sur le chat. Dorénavant, elle en état responsable. La vie de l'animal dépendait d'elle. Le chat bâilla puis, timidement, il se frotta aux jambes de Nora. Elle le caressa. Le chat accepta le contact et se mit à ronronner. D'abord imperceptiblement ensuite plus fort.

— Il est ému, prononça la concierge. Il croit que vous allez le prendre. Pauvre bête !

— Ce serait à partir de quand ? Quand voudriez-vous que je le prenne ? demanda Nora, affaiblie.

— Maintenant, dit la concierge. Comme ça, vous ne changerez pas d'avis. Montez-le je vous suis avec son bac et ses plats. J'ai encore un sac de litière en réserve. Je vous le donne.

— Vous ne me laissez pas le choix, dit Nora.

— Mais si. Vous faites ce que vous voulez.

— Et pendant mes voyages ? Qu'est-ce que j'en ferai ?

La concierge, volubile, expliqua qu'il y avait une pension pour chats riches, pas loin d'ici. Et la nouvelle concierge, celle qui reprendrait la loge, était célibataire. Elle pourrait aussi garder le chat en cas de besoin.

Dans l'ascenseur, Nora analysa la situation. Une femme abandonnée a condamné son chat à mort.

Le chat s'agrippa à son épaule.

– Aïe! s'écria Nora. Je te sauve la vie et tu m'écorches?

Elle s'en voulut. Est-ce qu'elle allait se vanter pendant toute l'existence du chat de ce geste et lui répéter éternellement : « Si tu es en vie, c'est grâce à moi »? Non. Elle s'en fit la promesse. Elle caressa la tête du chat. Arrivée chez elle, elle déposa le chat sur le parquet.

– Bonjour, Chat. Tu es chez toi.

Très vite, elle prit conscience de cette présence insolite. Dorénavant elle avait un compagnon. Quelqu'un circulait dans l'appartement, parmi les papiers, quelqu'un qui essaierait sans doute ses griffes sur les rideaux. Les chats abîment les rideaux, c'est connu. D'une génération à l'autre, on se le répète. On ne se donne pas la peine de transmettre les principes de l'humanité, on ne chante pas les louanges des honnêtes gens, on ne proclame pas l'interdiction des assassinats et des racismes divers. Non. On insiste inlassablement sur ce fait : les chats abîment les rideaux.

Un remue-ménage signala la concierge qui
déménageait les affaires du Chat. Le nouveau
venu n'était pas un chat errant, il n'avait pas
habité sur un arbre, il n'allait pas chercher sa
nourriture en fin de journée dans les poubelles,
Nora n'avait pas accueilli un vagabond. C'était
un chat équipé. La concierge avait installé le bac
à la cuisine, puis elle était partie sans dire au
revoir, après avoir déposé la clé sur la commode
de l'entrée. Nora l'appela au téléphone pour lui
demander des renseignements sur les repas.
Quand le Chat était son invité, elle le nourrissait
au hasard. Devenu membre d'une famille constituée d'une personne – Nora –, il avait des droits.
Que fallait-il lui proposer ? Les croquettes ou les
ragoûts en boîte ?

Le Chat reconnut l'appartement. Nora ouvrait-
elle le courrier, le Chat, installé sur la table de la
salle à manger, l'observait. Nora, femme indépendante, grande habituée des hommes lâches et
des mâles en fuite, Nora la championne des ruptures éclairs, ouvrait les lettres sous le regard
intéressé d'un chat. Nora la rapide – elle faisait
ses valises en une demi-heure et prenait des
avions aux derniers appels – se retrouvait avec
un chat de guet sur sa table en verre. Modèle
unique, la table. Italienne. Il fallait y poser une
couverture pliée en quatre, sinon le Chat risquait d'avoir froid. Il ronronnait. En s'avançant
une patte de velours devant l'autre, il venait vers

Nora. Il s'allongeait sur les factures. Sa queue
balaya un relevé de l'EDF, ses pattes avant
reposaient sur la note mensuelle du garage. Sous
son ventre, devait se trouver la feuille des
charges de l'immeuble. Si les humains heureux
et conscients de leur bonheur avaient la capacité
de ronronner, l'atmosphère générale se trouverait adoucie par un fond sonore réconfortant.
Nora essaya de ronronner. L'effet fut désas-
treux, le Chat partit offusqué. Elle finit de trier
son courrier. Les invitations, elle les jeta
d'emblée dans la corbeille à papier. Une fois de
plus, malgré ses résolutions, elle n'avait pas
envie de jouer la comédie sociale. Ni d'embrasser
ses pires ennemis. Elle devait dessiner, dessiner,
et dessiner encore, pour gagner sa vie et pour
survivre intellectuellement. Les modèles défilaient sur son écran mental. Un écrivain est-il
envahi de la sorte par ses personnages ? Elle
était bousculée par des silhouettes. Choisirait-
elle un dépouillement total ? Ou un demi-tour
vers les années hippies où jeunes femmes et ado-
lescentes portaient des faux bijoux et le signe de
la paix, un bandeau sur le front, des loques multicolores pour créer une impression de fête ?
Nora aurait aimé se trouver parmi eux, devenir
une vagabonde, une vraie. Mais n'en était-elle
pas une ? Une vagabonde de luxe ? Elle avait de
l'argent, de belles valises. Si l'une d'elles disparaissait dans un aéroport à Los Angeles ou à

Mexico, l'assurance payait. Les belles valises faisaient partie de son standing. Dans les hôtels cinq étoiles où elle descendait, elle représentait dignement sa maison de couture. Un retour vers le passé ? Non, décida-t-elle. Elle ne voulait pas revivre la disparition de l'homme qu'elle avait adoré, ni mourir mentalement avec lui pour repartir dans l'existence le cœur vide.

« Celui-ci, je ne risque pas de le virer », pensa-t-elle en regardant le Chat, de retour sur la table. Les hommes qu'on congédie essaient de rattraper leur situation ; ou bien, pour éviter la solitude, ils trouvent une autre femme, ils la séduisent, ils se calfeutrent auprès d'elle, puis ils meurent de vieillesse d'âme.

Le Chat regardait Nora. Il méditait. A quel moment comprendrait-elle qu'il avait faim ? Nora ouvrit l'une des boîtes que la concierge lui avait données, puis revint au salon. En passant à côté de la corbeille à papier, elle aperçut une enveloppe assez grande qu'elle avait jetée sans l'avoir ouverte. Elle la récupéra, la décacheta et, avec un grand soupir, dégagea la carte. Gérard Martin recevait à l'occasion de sa nomination à la présidence d'IPC France, dans quinze jours, dans les salons de l'élégant hôtel particulier qui se trouvait sur l'île Saint-Louis.

Elle respira profondément. « Je suis trop intéressée par lui pour faire sa connaissance », se dit-elle. Elle se prépara un thé. Le Chat, lui, venait de terminer son repas. Assis, à petits coups de langue rose, il se lavait en passant sa patte droite sur son museau, avec adresse et rapidité. Il jeta un coup d'œil sur Nora et continua, imperturbable, de se faire une beauté pour la nouvelle maîtresse qui était peut-être la bonne. En tout cas, ici, il y avait plus d'espace que dans son logis précédent et moins de va-et-vient. Le lit qu'il lorgnait était à la même place que la dernière fois. Sa toilette terminée, il se glissa par la porte de la chambre, sauta sur le lit, laboura avec ses deux pattes avant le duvet léger comme une plume d'oiseau, et s'allongea près de l'oreiller. Il était enfin chez lui.

*

Personne ne ferait attention à Nora Abram, là-bas. Personne. Quelle robe devait-elle porter ? Anodine ? Ultra-chic ? Devait-elle se vêtir en publicité vivante de sa maison de haute couture ? Un orateur doit-il demander un renseignement à un passant d'une voix tonitruante sous prétexte qu'il est orateur ? Lui, Gérard Martin, se tiendrait à l'entrée aux côtés de sa femme. Même si elle n'est pas, comme on dit machinalement, « ravissante », elle doit avoir du charme. Quelle femme de quarante ans, mesurant un mètre soixante-treize, peut concurrencer une frêle Japonaise ? Au fait, était-elle frêle ? Était-elle japonaise ?

Une heure avant la réception, elle hésitait encore. Si Gérard Martin avait des goûts classiques, il préférerait un tailleur du soir style Chanel. Non. En aucun cas. Devait-elle porter une de ses créations à elle ? Une jupe très courte qui dévoilerait ses jambes fuselées et une veste aux revers pailletés ? Ça faisait un peu cirque. Sinon, le coton ? Le coton noir ? L'une des premières créations de sa nouvelle collection ? Le tissu épousait ses formes, elle se sentait presque nue. Libre. Elle trouva au fond d'un tiroir une grande écharpe de toutes les couleurs, en soie, qui venait des Indes. La maison de couture les faisait fabriquer là-bas. Non. On pourrait croire qu'elle cachait son cou, sa poitrine. Elle s'apercevait dans le miroir : ses yeux étaient aussi noirs que ses cheveux abondants. Fallait-il les nouer en chignon ? Sûrement pas. Elle paraîtrait plus élancée avec un chignon. Lui, d'après la photo, n'était pas grand. Elle choisit une cape en cachemire, brodée ton sur ton. Noir sur noir.

Elle se regarda dans le miroir de son dressing-room. Le Chat l'accompagnait, car il était toujours inquiet quand elle sortait. Et si elle ne revenait plus ? Que deviendrait-il, lui, le Chat, dans cet appartement ? La gamelle était vide et elle avait oublié de lui donner de l'eau. Personne ne pensait à l'eau du Chat. L'animal poussa un cri de mécontentement et partit comme une flèche en direction de la cuisine. Il espérait qu'elle comprendrait. Pas du tout. Nora se regardait. Oui, elle devait garder la cape.

Dans sa robe ajustée et encombrée d'une cape, elle n'allait pas conduire. Non. Elle appela un taxi.

*

Arrivée devant l'hôtel particulier de l'île Saint-Louis, elle paya le chauffeur et ajouta un confortable pourboire. Elle monta les marches, entra dans le hall dont les lustres étincelaient. La lumière scintillante était dorée. Les valets, en costume noir à plastron amidonné rehaussé d'un nœud papillon, collectaient les cartons d'invitation. On repérait de loin l'immense buffet situé au fond de la salle où Nora allait entrer. En s'écartant légèrement de la foule qui défilait devant Gérard Martin, elle s'attarda pour mieux observer l'homme : taille moyenne, yeux clairs, quelque chose d'un professeur. Qu'a-t-il pu enseigner dans la vie ? La douleur, le bonheur, le rythme économique d'un monde en perdition ? Il n'y avait pas d'épouse près de Gérard Martin. Nora haussa les épaules, petite manifestation de son soulagement. Alors qu'elle ressentait le frôlement du tissu sur ses seins à peine couverts, elle se rendit compte qu'elle avait oublié son pendentif, ses boucles d'oreilles, ses bagues. Elle avait laissé sur sa coiffeuse tous ses bijoux qui devaient rehausser la petite robe. Elle pensa retourner au vestiaire chercher sa cape. Elle serait plus habillée et moins provocante. « Tant pis », décida-t-elle.

Le mouvement de foule la poussa vers l'entrée. Qu'importe, cet homme ne la regardera même pas. Elle suivit les invités qui défilaient devant l'hôtel. A son tour, elle tendit la main.

– Bonjour, monsieur. Je suis Nora Abram.

Il fallait se présenter. Lui parler.

– Mademoiselle Abram ? Si je me souviens bien, vous souhaitiez me rencontrer il y a quelques semaines, mais vous n'êtes pas venue au rendez-vous. Comment va la Suède ?

Elle se lança dans des abîmes de mensonges.

– Je suis pratiquement tout le temps en route, dit-elle. Je suis française. J'ai seulement assisté, à l'époque des événements du Rwanda, une délégation suédoise. Je l'ai secondée. Ma mission est terminée. Je ne bouge plus de Paris.

Elle ajouta :

– Pour le moment.

– Bien, dit-il. On se reverra plus tard.

Avec le geste d'un habitué des réceptions, il fit avancer Nora, tendait déjà la main aux invités qui la suivaient. Catapultée vers le buffet, elle avait le temps de réfléchir. Elle se fit servir un verre de Perrier, trouva quelque chose à grignoter. Elle pensait à l'épouse. Japonaise ou non ? Était-elle malade ? Elle n'avait pas le droit d'intervenir, même en théorie ou en suppositions, dans l'existence d'un homme qu'elle n'avait aperçu que deux fois dans sa vie, d'abord sur la couverture d'un grand hebdomadaire, ensuite ici. De quel droit se préoccupait-elle de l'état civil de Gérard Martin ? Il avait peut-être vingt-cinq maîtresses cachées dans les vingt-cinq pièces de cet hôtel particulier. Une vie clandestine. Sinon peut-être une femme enceinte. Il rejoindrait à la fin de la fête, ses appartements privés, frapperait à la porte de la chambre de sa femme : « Ma chérie, j'étais perdu sans vous. »

Quelqu'un s'approcha d'elle : « Qu'est-ce que tu fais là ? Depuis quand t'occupes-tu de pétrole ? » Nora reconnut à peine l'homme qui lui avait adressé la parole : c'était un collègue, un dessinateur de mode, égaré lui aussi.

– Je suis là par hasard.

A l'abri dans un coin, ils bavardèrent. A Paris, sorti des castes ou des secteurs spécialisés, on risquait de se retrouver parmi des inconnus, plus perdu qu'à Bornéo. Le collègue était là parce qu'il dessinait également des logos, et IPC lui avait demandé des projets, finalement refusés. Mais il avait eu droit à une invitation. Nora l'interrogea :

– Tu as vu Gérard Martin sur la couverture d'un magazine ?

– Non. Qu'est-ce qu'il a fait ?

Nora raconta l'histoire rwandaise. Le collègue hocha la tête.

— Le monde est tellement misérable. Les catastrophes l'accablent. Il est brave, ton Martin. Mais à sa place tout le monde aurait eu le même geste. Bon, je te plaque, mon trésor. Je n'ai pas envie de perdre mon temps ici. J'ai été honoré de cette invitation mais ce n'est pas avec ces gens-là que je vais gagner ma vie. Les loyers sont chers. A propos, je ne sais plus qui m'a dit que tu voulais abandonner ton appartement.

Nora était sidérée : elle avait prononcé cette phrase un mois plus tôt au bureau. « C'est trop grand pour moi toute seule. »

— Pourtant, depuis quelques jours, j'ai un chat.

— Tu as quoi ? Un chat ? Et si ton amant est allergique au poil, tu vires qui, le chat ou l'homme ? En tout cas, si jamais tu veux te débarrasser de ton appartement, fais-moi signe. Je vais habiter avec David.

Amants depuis longtemps, ils cherchaient le pays où ils pourraient légaliser leur liaison. Il sourit et disparut dans la foule. Nora resta seule, oubliée par le maître de la maison, livrée à sa solitude. Elle avança doucement en direction de la sortie, se faufilant parmi les groupes. Personne ne lui adressa la parole. Elle sentit une main sur son bras, elle se retourna, c'était Gérard Martin.

— Je voulais vous saluer d'une manière un peu plus courtoise. Moins pressée.

– Je suis navrée de n'avoir pu connaître votre épouse, dit Nora.

Elle était en alerte. Le contact de la main de Gérard Martin l'avait remuée plus que des heures au lit avec son amant noir. Il y avait quelque chose de profondément naturel et de bouleversant dans ce contact. Gérard Martin retira sa main et saisit Nora par le coude pour la diriger vers un coin où se trouvaient un canapé et des fauteuils autour desquels les valets exécutaient leur ballet habituel en présentant aux convives des plateaux chargés de petits gâteaux.

– Je viens de divorcer. Je suis un homme libre.

D'emblée, il avait exprimé l'essentiel. Il était libre. Donc disponible, donc digne d'intérêt. Il ajouta :

– Voulez-vous que nous parlions de votre mission humanitaire ?

Il n'était plus nécessaire de lui mentir. Assise sur le canapé, elle prit un verre sur un plateau qu'on lui tendait. Lui choisit une coupe de champagne. Il rompit le silence.

– Vous avez quelque chose à me dire ?

– Oui. Je vous ai menti. Je n'ai jamais fait partie d'une mission humanitaire. Je vous ai vu sur la couverture de l'hebdomadaire. Je voulais vous connaître. Pour vous atteindre, il fallait inventer une histoire. Elle n'a pas servi à grand-chose. Rarement un mensonge fut aussi inutile.

— Vous êtes très franche.

— J'ai envie d'être vraie. Je voudrais savoir si vous avez pu ramener l'enfant noir.

Gérard se pencha en avant.

— L'enfant est mort sur mes genoux.

— Oh, dit Nora. Vous avez dû souffrir.

Gérard continua.

— Assez pour le reste de ma vie. Je crois que nous avons des choses à nous dire. Mais pas ici. Ce n'est pas le moment. Rencontrons-nous tranquillement ailleurs. Sans cette foule.

— Quand vous voudrez..., répondit Nora avec douceur. Votre secrétaire a mon numéro de téléphone.

— Que faites-vous dans la vie, madame Abram... ou mademoiselle ?

— Dans mon métier, on naît et on meurt mademoiselle. Je suis seule au monde et, quand je ne mens pas, je suis styliste dans une célèbre maison de couture.

— Votre absence de robe est provocante.

— Absence de robe ?

— On ne voit que votre corps.

— C'est un compliment ou une plaisanterie ?

— Une constatation. Je voudrais votre numéro privé. Je vous appellerai chez vous. Si vous le permettez...

Gérard n'avait ni crayon, ni stylo, ni papier, ni carnet sur lui. Le minuscule sac noir de Nora ne contenait rien d'autre que la clé de son appartement et sa carte d'identité.

– Je ne suis pas sur la liste rouge. Il est facile de me trouver.

– Je vous appellerai.

Pressé, tout à coup, il se mêla à la foule des invités.

*

Nora, d'un pas léger, s'approcha du vestiaire où elle prit sa cape. Elle s'enfonça dans l'un des taxis en attente devant l'hôtel particulier.

Elle annonça l'adresse.

Le chauffeur émit un petit sifflement :

– Un beau quartier, là-bas aussi.

Le Chat attendait derrière la porte. Le dos bombé, il se frotta aux mollets de Nora. Dès qu'elle voulut le prendre, le chat s'esquiva. Il devait assurer sa place au lit. Quand on est chat européen, descendu de la grande noblesse des gouttières – oui, il était Lune de Gouttières –, il vaut mieux être prudent. Nora fit un tour à la cuisine, remplit d'eau le grand bol du Chat. Attiré par le bruit, comme un éclair il jaillit dans la cuisine, but avidement et retourna aussitôt, le museau encore mouillé, sur le lit.

Nora s'enferma dans sa salle de bains. Elle retira la robe noire – à peine plus qu'une tache d'ombre sur le carrelage blanc du sol –, ajusta son bonnet de bain et entra dans la cabine de douche. L'eau ruisselante l'apaisa. Gérard Martin lui plaisait. Pour la première fois depuis de longues années, elle eut l'étrange impression qu'elle pourrait s'attacher à quelqu'un. Mais il ne fallait surtout pas être la victime d'une impression, se laisser obnubiler par quelqu'un parce qu'il avait l'air doux, plutôt fragile et fin. Si elle le découvrait chasseur, coureur, menteur mondain ? Ce n'était pas le style apparent de l'homme, mais il faut se méfier. Les hommes devenaient dangereux. Depuis un certain temps, ils jouaient mieux la comédie : ils avaient beaucoup appris des femmes.

Vêtue de son pyjama douillet, elle cherchait sur son bureau, dans la masse des papiers entassés sous un monceau de revues de mode et de journaux, son agenda. Depuis trois semaines, elle n'y avait rien inscrit, puisqu'elle se rappelait ses rendez-vous de mémoire. Elle trouva la page du jour, il n'y avait rien, rien de toute la semaine, sauf le nom des saints en filigrane et les fêtes inscrites en dessous des dates. Elle prit un marqueur et entoura la journée d'un trait rouge. Elle y inscrivit : Gérard Martin.

Elle se coucha ensuite, non sans quelques coups de poing à l'un des oreillers. La lumière éteinte, elle contempla le plafond où passait parfois une fine rayure de lumière venant de l'extérieur. Le Chat venait de s'installer près de ses pieds lorsqu'elle quitta le lit. Elle retourna à son bureau, retrouva l'agenda ouvert et la journée encerclée de rouge. Elle reprit le marqueur et dessina un point d'interrogation superposé sur le nom de Martin. On ne prend jamais assez de précautions quand on rêve. De retour dans son lit, elle appela le Chat. En vain. Lune se cachait, froissé, derrière le bas d'un rideau. Nora mit dix minutes pour le trouver. « Tu viens dormir, oui ou non ? »

Le Chat resta par politesse sur le lit. Mais bientôt, il descendit et gratta à la porte fermée. « Mais, va-t'en s'exclama-t-elle, va-t'en, je ne te retiens pas. » Elle se coucha une fois de plus et écouta, désemparée, le silence.

Dès le petit matin, il faisait encore presque nuit dehors, vêtue d'un de ces trainings qu'elle achetait aux USA, elle dessinait. Les lignes tumultueuses bousculaient son esprit, il fallait saisir le secret d'une mode qui pouvait s'adapter à toutes les femmes. Les temps étaient difficiles, l'argent se faisait rare. Il fallait trouver, pour cette femme qui rêvait de tant de choses sans pouvoir se les offrir, un vêtement multiusage. Une fois de plus, elle voulait la ligne chat. La femme devait se mouvoir librement, courir vers les rendez-vous d'affaires, quitter facilement une voiture. Dans l'esprit de Nora, les silhouettes étaient tour à tour anodines et attirantes, fatales et quotidiennes. Des plastrons à boutons pour le bureau, à enlever et à glisser dans le sac pour dévoiler ainsi des décolletés plus ou moins audacieux.

A côté de sa grande table, elle exposait les échantillons de tissus qui l'intéressaient. Elle les touchait, les palpait, les pliait, les roulait en boule. Ils ne se froissaient pas. Il fallait être comme ces tissus, tout supporter, pensa-t-elle.

Elle s'aventurait avec ses crayons sur les feuilles blanches pour des heures d'efforts, de recommencements incessants; puis le style chat prenait forme. Une femme se penchait légèrement en avant pour saisir la main d'un enfant dont Nora ne suggéra que la vague silhouette.

Gérard Martin n'appelait pas, alors, les mâchoires serrées, elle se lança dans l'élaboration de vêtements somptueux. Il fallait rebondir, dégager son esprit de cette attente pernicieuse. Choisir la futilité, le luxe, jouer les dépensières, briller, épater, attirer sa proie et la saisir. Elle convoqua deux mannequins, dociles par profession. Nora passait de l'un à l'autre et modelait sur leur corps les tissus de coton devenus aussi soyeux que le satin, parfois pailletés. Elle réussit à faire un smoking à la veste reversible : la finesse du tissu autorisait cette astuce.

Elle se réveillait souvent la nuit. Et si Gérard Martin n'appelait pas ? S'il disparaissait dans le silence ? Si Nora s'était déjà effacée de sa mémoire ? Ce coup de téléphone qu'elle espérait n'était même plus une question d'amour-propre, mais relevait d'un désir, d'un sentiment proche de l'amour. Après tant d'années, cette fois-ci elle attendait vraiment un appel. Attente parfois délicieuse, souvent infernale. Il avait promis. Mais que valent les paroles dans ce milieu factice ? Surtout les paroles prononcées lors d'une réception ? Rien de plus que des faux billets.

Le temps passait, les heures, les demi-journées et les journées. Gérard Martin ne donnait aucun signe de vie. Le répondeur n'enregistrait que des messages anodins. Le rêve était fini. Nora se demanda s'il était vraiment libre. Coincés dans des situations juridiques inextricables les hommes mentent très souvent. Un jour, de rage, elle martela avec une telle violence la porte de son bureau que le dessinateur qui occupait la pièce voisine se précipita chez elle.

– Vous avez un problème ? Je peux vous aider ?

– Rien. Je suis fâchée avec cette fichue poignée. La serrure est malade. Il a fait très chaud cet été, le bois a dû jouer. Ce n'est rien.

Une boule de larmes dans la gorge, elle chercha un mouchoir et fit semblant d'éternuer.

– Et enrhumée en plus, dit le collègue. Depuis hier, la chute de température est assez brutale. Mais il fera beau cet après-midi.

Il se pencha vers elle comme s'il voulait lui transmettre un secret.

– Un méchant virus se dirige sur Paris. Le virus de Macao. Il y a deux ans, il venait de Hongkong. Celui de Macao est plus virulent.

242

« Et si j'étais moi-même un virus ? pensa Nora. Un virus minable. Un virus qui ne réussit à contaminer personne avec son romantisme. Je suis un virus chic, un virus nul. »

– On va vérifier la porte, mademoiselle Abram, annonça l'huissier appelé en renfort. J'ai téléphoné au serrurier, il viendra dès qu'il pourra. Il est surchargé. On dirait qu'une porte sur deux se coince dans Paris. Il ne sait plus où donner la tête.

Nora avait honte : on allait découvrir l'innocence de sa porte. On allait l'accuser de maladresse et d'impatience. Tant pis.

Pour lutter contre l'agacement et la déception, elle prit le galop comme un cheval de course. Elle travaillait au maximum pour mieux sauter les obstacles. La frontière entre la liberté et la solitude devenait indéfinissable.

Le soir, en rentrant chez elle où seul l'attendait le Chat, était-elle seule ou libre ? Avait-elle eu tort de refuser les mariages qu'on lui proposait à l'époque des premières solitudes ? « Oui, oui, oui », se répétait-elle.

Elle évoqua le souvenir du vieux crabe, un homme politique, ancien diplomate, un touche-à-tout placé haut dans la hiérarchie du pouvoir. Il menait sa carrière comme un crabe, un pas en avant, un pas en arrière et deux de côté. Malgré sa position dominante à une certaine époque, il tournait et retournait sa veste pour rejoindre

243

toujours le camp des vainqueurs. Et les vainqueurs jeunes avaient besoin de ce type qui savait tout et les trahissait par des pirouettes verbales et des agissements souterrains. C'était un veuf professionnel, qui parcourait depuis des années le tout-Paris à la recherche de ce qu'il appelait la compagne idéale. Il avait demandé Nora en mariage en lui offrant, d'emblée, les bijoux de sa femme défunte. « La moitié des bijoux, ma chère Nora, l'autre moitié est destinée à ma petite-fille. » Nora lui attribuait cent ans, trois décennies de plus que ses soixante-dix automnes. Elle l'espérait impuissant et bon. Il aurait pu être une sorte de père légitimé par le mariage, une bonne âme vers qui on se tourne quand on pleure. Ils se seraient promenés dans la forêt en compagnie d'un chien. En fin d'après-midi, devant une cheminée où les bûches envoient des étincelles, dans des fauteuils profonds, ils auraient pris le thé servi par un maître d'hôtel. Après un léger dîner, ils se seraient séparés sur des adieux élégants. Hélas, l'homme en question aimait encore l'argent, les honneurs aussi et, d'une manière indécente, les femmes. Nora, invitée dans une gentilhommière du XVIIIe siècle – monument classé, donc entretenu par l'État –, comptait passer dans une belle chambre une nuit paisible. Tard dans la soirée, l'homme avait gratté à la porte. Nora ouvrit : il apparut, tenant une petite valise.

– Puis-je entrer, ma chère ?

– Mais, oui, dit-elle.

Il posa la petite valise sur la coiffeuse et en sortit une chemise de nuit en soie ivoire et un écrin.

– Chère Nora, dit-il, cette chemise de nuit de style Empire devrait vous aller. Le collier a une grande valeur. Certains diraient : « Il est inestimable. » Non. Il est estimé.

– Que voulez-vous de moi avec tout ça ?

– Il faut passer cette soie splendide et vous parer avec le collier. Vous êtes la seule femme qui corresponde à mon niveau de vie. A mes exigences physiques et culturelles. Je vous offre cette faveur en même temps que je dépose mes hommages à vos pieds. Vous serez Joséphine et moi l'Empereur. Appelez par le téléphone intérieur quand vous me permettrez de me présenter devant vous. C'est le 17 sur le cadran. Attendez, assurons-nous que le collier est bien dans l'écrin.

Il émit un petit rire.

– On ne sait jamais.

Il fit jouer la petite serrure en or et la boîte révéla un somptueux collier de rubis et de diamants. Le pendentif, un rubis taillé, évoquait une goutte de sang.

– Ce collier, je l'ai reçu en guise de remerciement d'un chef d'État africain à qui j'ai rendu des services considérables. Le collier était destiné à ma très chère femme.

Il savourait sans l'ombre d'une gêne sa gloire et l'étendue de ses relations.

— Si vous m'épousez, vous porterez ce collier pendant toute votre existence.

— Je ne suis pas égyptienne, dit Nora.

— Quel rapport ?

— Je ne l'emporterai pas dans ma tombe.

Il rit et lui baisa la main.

— J'adore votre esprit caustique. Vous le porterez pour mes réceptions, où j'ai besoin d'une maîtresse de maison de grande classe. Vous. Voilà, ma chère, je vous laisse maintenant.

— Attendez ! dit Nora. J'ai besoin de sous-titres. Qu'est-ce qui se passe après ? Après la séance de déguisement ?

— J'entrerai dans votre chambre, je m'age-nouillerai devant vous... Je glisserai ma tête sous votre jupe.

Elle voulut lui dire que, même pour une plai-santerie, c'était trop et de si mauvais goût qu'elle en était révulsée ; mais elle savait déjà de quelle manière elle répondrait.

— Appelez-moi dès que vous serez prête.

La porte se referma derrière lui. Nora prit son manteau léger, son sac à main et ses affaires de voyage. Sortant par la porte-fenêtre, elle traversa le parc et se précipita au parking. Sa voiture française, la petite Clio — qui avait tout d'une grande — était garée entre une Ferrari et une Rolls. Ce vieux porc était très riche. De façon inattendue, et sans explications, un valet de chambre apparut, celui qui avait servi au dîner. Il salua Nora, ouvrit le coffre de la voiture et y plaça le sac de voyage de la jeune femme.

Quelques mois plus tard, les publications spécialisées dans ce genre de nouvelles annonçaient le mariage du vieillard connu avec la jeune fille au pair, une étrangère qui s'occupait de sa petite-fille.

Quand il mourut, Nora prononça simplement, en tant qu'oraison funèbre : « C'était un porc. » Son interlocutrice, qui trouvait au fond la styliste marginale antipathique, lui lança : « Je vous avais devinée cruelle. Je ne me suis pas trompée. Vous êtes cruelle. » Nora resta muette. A travers cette femme, le vieux porc venait de se venger.

*

Le soir du onzième jour, la sonnerie du téléphone retentit. Nora enfila son peignoir, se précipita dans la chambre, s'assit sur le bord du lit et, retenant son souffle, décrocha le combiné.

— Je voudrais parler à mademoiselle Abram.

— C'est moi. Bonjour.

— Gérard Martin à l'appareil. Vous vous souvenez de moi ?

Ah, cette coquetterie masculine, innocente et maladroite ! Si elle se souvenait de lui ? Jouait-il la comédie ou était-il réellement naïf ?

— Vaguement, dit-elle. N'êtes-vous pas celui qui aurait dû m'appeler depuis longtemps ?

Craignant qu'il prenne la plaisanterie au sérieux, elle ajouta aussitôt :

— Ravie de vous entendre. Vous étiez sans doute très occupé.

De l'autre côté, l'homme hésita.

— En effet. J'attendais une accalmie. Mon prédécesseur m'avait laissé une montagne de dossiers très compliqués. Mais j'ai la chance de vous trouver ce soir. Je ne vous dérange pas ?

— Du tout, dit-elle en s'allongeant sur le lit.

Le Chat apparut dans l'embrasure de la porte, dans l'intention de sauter sur le lit et de s'y installer. Nora parlait. Le Chat fit demi-tour, il reviendrait lorsque l'atmosphère serait calme. Il n'aimait ni le bruit des conversations ni les ondes électriques dans l'atmosphère.

Gérard Martin cherchait ses mots. Pouvait-il dire à cette femme si brillante, si habituée aux succès de toutes sortes, qu'elle lui manquait ? Qu'il voulait la revoir ? Et le plus rapidement possible ?

Il répéta :

— Un emploi du temps délirant...

Elle l'interrompit.

— Vous n'avez pas à vous justifier... même pas par politesse.

— Puis-je vous appeler par votre prénom : Nora ?

– Bien sûr, Gérard.

– Un peu vieillot, mon prénom, remarqua-t-il. On ne consulte pas l'intéressé au moment du baptême.

Chacun attendait des mots-tremplins, des mots de secours, des mots-leviers qui permettraient de mettre en marche le mécanisme conventionnel d'une rencontre.

– J'ai pensé, dit-il, à une chose insolite. Ne soyez pas choquée. Si nous... Ne me dites pas tout de suite non.

Il se tut.

Elle avait l'impression que son cœur battait dans sa gorge. Elle aurait pu servir de spécimen rare pour une démonstration dans un amphithéâtre de médecine : « Voici un phénomène du sexe féminin, présentant une anomalie peu courante, son cœur se situe entre ses amygdales. »

Gérard Martin tâtait le terrain.

– Je vais essayer...

Elle soupira sans bruit. L'homme donc faisait partie des timides. Des vrais ou des faux timides. Patience.

– Mon prochain week-end est libre, dit Gérard. Je n'ose pas vous proposer d'emblée de le passer ensemble. Vous êtes peut-être déjà invitée ?

Elle l'interrompit.

– Je suis libre, et l'idée est agréable. Mais pourquoi tout un week-end ?

Elle se défendait déjà, surtout par peur de s'ennuyer. Il y a des hommes qui, au bout de trois phrases, deviennent insignifiants. Dès que le vernis mondain craque, le vocabulaire s'épuise. Dix kilomètres vers une campagne quelconque, et c'était l'enfance. Or il restait encore quarante-huit heures à subir.

Gérard Martin prononça doucement.

— La raison ? Depuis quelque temps, j'ai un chien, j'aimerais lui montrer une plage. La Normandie est sublime à cette époque. Il fait bon dans la journée, mais les matins sont frais et parfois gris.

« Encore un maniaque de la météo », se dit-elle. Puis elle prononça tout haut :

— Vous avez un chien ? Quel chien ?

— Grand, gris comme un ciel de novembre, une race allemande rare, paraît-il. On me l'a donné. C'est toute une histoire. Je vous la raconterai.

— Je viendrais volontiers, dit-elle. Mais tout un week-end me semble beaucoup. Lorsque vous découvrirez mes défauts, vous aurez peut-être envie de fuir.

— Et lorsque vous dépisterez mes failles, vous demanderez qu'on fasse demi-tour.

Elle voulait cet homme. Tel qu'il était. Timide, équilibré apparemment, agréablement prudent.

— Lorsque l'un ou l'autre en aura assez de

l'escapade, proposa-t-elle, on le dit franchement, d'accord ? Partons samedi après-midi. Il faut trouver deux chambres confortables. Je déteste les mauvais hôtels. Je n'y vais que si je suis obligée. Mais pas pour le plaisir.

Elle se mordit les lèvres : ne venait-elle pas de parler comme une de ces femmes « de luxe » ? Et s'il était avare ? S'il se contentait des motels de troisième ordre, des chambre minables qui sentent encore la peinture ? Tout était possible. Une fois, elle avait rompu avec un Américain qui voulait l'épouser, un de ceux qui lui faisaient une cour pressante. Lors d'un arrêt dans un centre commercial, en Californie – le chauffeur attendait dans la limousine grande comme un corbillard –, Nora voulut prendre à la caisse un porte-clés sur lequel bringuebalait une petite poupée, un troll aux cheveux jaunes, hérissés.

– On ne va pas dépenser quatre-vingt-quinze cents plus les taxes pour ça... C'est un vrai gaspillage ! protesta le roi du béton.

– Je veux ce troll, le lutin porte-bonheur.

– Bêtise, dit-il, allons-nous-en.

Nora avait acheté – elle – le troll pour quatre-vingt-quinze cents plus les taxes. Le troll ne quittait jamais son trousseau de clés. Parfois, elle le regardait : « Pour un dollar et quinze cents, je me suis acheté la liberté. »

Ils étaient en route vers Las Vegas, où Nora avait accepté de se marier en vingt minutes.

Pourquoi ne pas essayer un mari américain ?
Elle n'avait pas dit tout de suite que cet incident
mettait fin au projet. N'importe quoi mais pas
un avare. On peut transformer un tueur à gages
en scout, mais jamais un vrai avare en homme
normal. Lorsqu'elle annonça qu'elle avait
changé d'avis, l'Américain la traita de Française
sophistiquée et capricieuse. C'était vrai. Elle
l'avait quitté à Los Angeles où elle avait repris
l'avion pour Paris.

— Votre silence m'effraie, dit Gérard. Ma
proposition vous a contrariée ?
— Pas du tout. Je pars avec vous.
— Que penseriez-vous de la ferme Saint-
Siméon ? demanda-t-il.
— Parfait.
Elle avait gardé un souvenir mémorable d'un
séjour dans cet endroit. C'était pendant sa pre-
mière vie. Si elle pouvait y retourner, c'est
qu'elle était en voie de guérison.
— Réservez ma chambre à mon nom, s'il vous
plaît, Abram.
— A vos ordres, madame.
— Vous me trouvez ridicule ? dit-elle.
— Non. Je m'amuse. Vous semblez tellement
sur la défensive.
Nora saisit l'occasion.
— Je voudrais vous poser quelques questions
qui vous sembleront peut-être stupides, sinon

bizarres. Mais je préfère éviter les surprises. Seriez-vous par hasard adepte d'une religion ou d'une secte ?

— Non, dit-il étonné. Non. Pas du tout.

Elle continua :

— Avez-vous des enfants de votre premier mariage ?

— J'ai été marié deux fois. Sans enfants. Quel est le problème ?

— Je ne voudrais pas constituer un obstacle entre un père et ses enfants. Recevoir le lundi les injures d'une ex-femme légitime qui m'accuse-rait : « A cause de vous, mon mari n'a pas amené les enfants voir une fois de plus *Le Roi Lion* ! »

— Aucun danger, répondit Gérard. Vous êtes d'une prudence !

— Une dernière précision, continua Nora. Je n'échouerai pas dans votre lit. En tout cas pas tout de suite. Je n'ai jamais eu la fièvre du samedi soir.

— Je ne suis pas un séducteur de week-end, dit Gérard. Des femmes pour quelques heures, il y en a tant qu'on veut. Une femme pour une vie ou ce qu'il reste d'une vie est plus difficile à trouver. En revanche, je ne sais rien de vous.

— Je suis libre, dit Nora. Je gagne très bien ma vie. Pour le moment. Et je viens de rompre avec mon amant, le dernier en date. Je suis dégagée de tous liens, légitimes ou marginaux. Je n'ai aucune ambition de mariage.

– Oh là, s'écria-t-il. Tant de précautions! Pour vous rassurer, je pourrais même vous prêter mon gilet pare-balles.

– En effet, je me méfie, dit-elle. Je suis seule au monde, née de parents juifs disparus. Je crée la mode pour une catégorie de femmes de luxe qui cherchent à paraître simples. Et j'ai une maladie : je dépéris par manque d'affection. Alors je me préserve de mes propres élans. Si tout cela vous effraie trop, vous pouvez raccrocher.

Il répondit d'une voix lisse :

– Je suis maladroit avec les femmes. J'en fais trop ou trop peu. J'ai été marié deux fois, chaque fois c'était une erreur. Mais j'y croyais au début. Je n'ai jamais eu de maladie honteuse et je suis habitué à un monde sans tendresse. Je ne lis que des romans noirs et je m'intéresse à la psychologie sous toutes ses formes. Je ne crois pas au bonheur, mais je tente ma chance. Vous pouvez raccrocher maintenant, vous aussi.

– A samedi, dit-elle.

– Je vous appellerai de la voiture quand je serai devant votre porte. Vers seize heures?

– Oui. Vers seize heures. Je serai contente de faire la connaissance du chien, dit Nora. Quel est son nom?

– Le Chien. Je n'ai pas pu réduire ses dimensions mythiques à un nom.

– J'expliquerai au Chat, répondit-elle, qu'il

ne restera seul que pendant une nuit et une journée.

— Vous avez un chat ?

— Oui. Il s'appelle Lune, mais moi, je l'appelle le Chat.

— Parfois, dit Gérard, un chien et un chat s'entendent bien. S'il y a de l'espace.

— Je vis dans un appartement, dit-elle.

— J'ai une maison et un jardin au Vésinet.

— A samedi, répéta-t-elle.

*

Le samedi, elle retrouva Gérard. Le grand fleuve des voitures à la sortie de Paris se tranforma bientôt en étroite rivière. La météo avait annoncé quelques petites pluies pour le lendemain. Nora avait pris avec elle l'un de ses modèles, un ciré noir garni de boutons en métal gris. Le Chien jeta sur elle un coup d'œil poli et resta allongé sur la banquette arrière.

*

La ferme Saint-Siméon avait une clientèle constituée en grande partie de Parisiens désireux de repos et de paix. Nora trouva sa chambre agréable. Elle se regarda dans le miroir de la salle de bains : des cheveux noirs en cascade. Des yeux noirs. Des cils allongés grâce à un Rimmel qui aurait rendu fatale même une chèvre. Inspirée par l'espoir que faisait naître en elle l'homme qui s'installait à l'autre bout du couloir, elle prit son carnet de croquis et jeta sur la feuille la silhouette de la cape dont elle cherchait la ligne depuis des semaines. Elle trouva enfin le moyen de faire disparaître dans des plis apparemment naturels le ridicule capuchon, et d'enrichir le tour du cou au lieu de l'alourdir. Elle voyait la cape en couleur crème, ou blanc cassé. Le blanc cru, à peine adouci. Elle venait de sortir du noir.

*

Gérard l'attendait au salon, devant la cheminée. Il lui prit la main.

— Vous avez de la fièvre ? Vous brûlez...

— Non, dit-elle. Non. Mais je viens de trouver le croquis d'une cape, une ligne que je cherchais depuis longtemps.

Il l'observait, intéressé.

— La ligne captée ? L'idée fixée sur le papier ? L'inspiration qui fait naître des formes, des styles ? Ça me passionne. Tout ce qui touche de près ou de loin à la création me fascine. Lorsque vous imaginez une robe, vous la voyez telle qu'elle sera tout de suite ? Ou vous travaillez sur les mannequins ?

— Je change jusqu'à la dernière minute, dit-elle. Il m'est arrivé d'enlever ou d'ajouter un détail juste au moment où le mannequin monte sur le podium.

— Depuis quand dessinez-vous ?

— Depuis l'enfance, dit-elle.

Il sourit.

— C'est ce que j'appellerais une vocation. N'est-ce pas ?

Ils se rapprochèrent de la cheminée. Il y avait peu de monde ce soir-là. C'était la fin de la saison.

— Où est le Chien ? demanda-t-elle.

— Je l'ai sorti avant de vous retrouver. Il dort, maintenant. Après le dîner, on va faire un tour avec lui. Si vous voulez...

— Il ne sera peut-être pas content de vous partager avec moi...

— Mais si. Le Chien a une personnalité étonnante, mais il ne faut pas le brusquer. Vous prenez quelque chose ?

— Un thé.

Il eut une seconde de frayeur. Le thé. Le Japon. Le thé vert. Serait-il condamné jusqu'à la fin de son existence à des femmes qui n'aiment que le thé ?

— Juste pour me réchauffer, dit-elle.

Il l'observait. Elle avait pris la tasse à deux mains, comme un gosse qui voudrait se réchauffer les doigts après une séance de luge. Ce soir, elle n'était pas belle, ni laide non plus, elle était fine et illuminée comme une lampe dont la puissance augmente ou diminue selon l'intensité des phrases. Elle portait un pull un peu trop grand et un pantalon noir, d'étranges chaussures lacées, aux talons plats. Elle semblait plus vulnérable que le soir de la réception.

– Si on allait dîner ? dit-il un peu plus tard.
Ils gagnèrent la salle à manger. Les tables étaient élégantes, les couverts en argent et les bougies rouges. Ils commencèrent leur dîner dans le brouhaha tamisé du restaurant. Gérard avait pris un peu de vin. Nora demanda une bouteille d'eau minérale. Ils parlaient peu, comme dans une bulle. Chacun avait peur qu'une maladresse verbale casse la magie. Leurs vies apparaissaient en filigrane dans leurs phrases prudentes. L'émotion de cette rencontre s'accompagnait d'un grand calme. L'harmonie était telle qu'ils éprouvaient presque la tentation de se séparer, pour éviter une déception.

Ils avaient pourtant une infinité de choses à se raconter, comme s'ils se revoyaient après des années d'absence. A peine commençait-elle une phrase que lui la terminait. Il était déjà minuit quand ils décidèrent d'aller dormir.

– Je me demande, dit-il doucement, si vous n'êtes pas la femme que j'attends depuis si longtemps. Évidemment, vous, vous pouvez penser que nous avons passé une soirée agréable, sans plus.

Elle cherchait ses mots.

— Il faut que je m'habitue à l'idée d'aimer pour la seconde fois, dit-elle. Différemment, mais aimer. J'ai cru le chapitre terminé.

— Vous ne seriez pas là, dit-il.

— Si, fit-elle. Un essai, un espoir. Je ne crois pas que vivre seul soit une solution. Je l'avoue : je me sens bien avec vous.

Gérard se hasarda.

— Quelle que soit la conviction religieuse ou philosophique concernant une existence dans l'au-delà, on peut essayer de vivre agréablement sur terre.

Elle s'agita, mal à l'aise. Si cet homme, tellement séduisant, se lançait dans des discours religieux, elle s'enfermerait dans sa chambre et rentrerait dès le matin à Paris. Il sentit aussitôt le changement.

— Je vous ai choquée ?

— Non. Mais le sujet est à éviter. Pour le moment.

— Vous n'avez jamais ressenti une sorte de protection ?

Elle hésita.

— Si. Mais je ne l'attribue pas aux esprits.

— A qui, alors ?

— A la volonté de survie de chacun.

— Si la lutte est solitaire, dit-il, le désert n'en est que plus pénible.

— J'ai aménagé mon désert.

– Je souhaiterais, dit-il, que l'ombre pesante de l'homme que vous avez tellement aimé devienne une ombre apaisante. C'est tout.

Elle se tut. Voulait-il amputer – sans anesthésie – sa douleur ? En avait-il le droit ? Serait-elle assez butée pour résister ? L'un est mort, l'autre pas. Que faire d'un chagrin ? Quelle sorte de bonheur peut-on accepter sans remords ?

– Vous avez envie d'un changement, sinon vous ne seriez pas là..., insista-t-il.

Elle resta silencieuse.

– Si nous allions voir demain matin le lever du soleil au bord de la mer ? proposa-t-il. Mes femmes légitimes dormaient encore à poings fermés et me traitaient de fou quand je leur proposais le spectacle de l'aube.

Au premier étage, Nora s'attarda devant la porte de sa chambre.

– A quelle heure devrions-nous partir ?

– Je vais me renseigner en bas. Je glisserai un papier sous votre porte avec l'indication précise. Mais vous pouvez changer d'avis et dormir plus longtemps.

– A demain, dit-elle. Tôt ou tard, à demain.

Elle entra dans sa chambre. Elle pensa qu'il ne l'avait pas invitée à aller promener le Chien. Elle se démaquilla, puis se brossa les dents. Elle mit son pyjama et s'effondra sur le lit. L'émotion l'épuisait plus qu'une longue marche. L'oreiller était doux. Elle n'avait même pas entendu le glissement du message sous la porte.

Deux heures plus tard, elle se réveilla en sursaut, croyant être déjà le matin. Il n'était que trois heures. Sous la porte, une feuille : « *Nous pourrions partir à cinq heures trente. Je frapperai à votre porte. Ne vous croyez pas obligée de vous lever. Si vous ne répondez pas, je pars avec le Chien et on se retrouve ensuite. Gérard.* »

La peur de manquer le rendez-vous l'obsédait. Elle se mit à lire, sa montre-bracelet à la main. Comment aurait-elle pu imaginer que Gérard aimait ce qu'elle aimait aussi : contempler au bord de la mer la naissance du soleil ? Vivre le moment où l'astre rouge émerge des ténèbres ?

Le lendemain matin, elle attendait Gérard devant la porte. Il arriva avec le Chien. Nora voulut le caresser, l'animal s'esquiva. Installés dans la voiture, ils traversèrent le paysage somnolent, longèrent les maisons endormies, les bourgs repliés sur eux-mêmes. Ils arrivèrent à Villerville. Gérard prit à l'arrière de la voiture une bouteille Thermos :

– On m'a préparé ça hier soir, au restaurant. Du café chaud. A cette heure-ci, c'est bien agréable.

Ils trouvèrent un coin sec près de la dune. Dans la grisaille, assis sur le sable humide, ils avaient devant eux un monde immobile et une mer à la surface de métal. Ils burent le café brûlant. Le Chien tournait autour d'eux, avec précaution. Le soleil couleur coquelicot se leva doucement, projetant des taches rouges.

Gérard embrassa délicatement la main droite de Nora.

– Juste pour l'affection, dit-il.

Le Chien s'allongea sur le sable, du côté de Nora. Elle le toucha. Le Chien leva un regard soucieux sur elle, puis posa la tête sur ses deux pattes avant.

– Croyez-vous qu'il m'aimera un jour ?

– Je l'espère. Il devrait sentir que vous, vous l'aimez.

Elle resta muette. Elle redevenait la petite fille qui n'a jamais eu de chien. Son père était parti, sa mère aussi. Dans ce fameux au-delà. Son chien, elle l'avait eu à son mariage. Puis l'homme était mort et le chien était mort aussi parce qu'il se croyait abandonné.

– On n'a pas eu d'enfants, dit-elle soudain. On a trop réfléchi. J'ai voulu tout programmer, lui aussi. En vérité, ce n'était pas uniquement ça. Nous étions comblés l'un par l'autre. On n'éprouvait pas le besoin d'être plusieurs. Et vous ?

– Je n'ai jamais eu un instinct paternel très aigu, répondit Gérard. Le temps passe vite et le divorce n'arrange rien. Installer un nourrisson dans un foyer bientôt en décomposition, juste parce qu'il convient d'avoir un enfant ?

– L'absence d'enfants me fait souffrir presque physiquement, dit Nora. J'ai fait des tentatives d'adoption. Mais je n'étais pas assez bien pour

262

les institutions officielles. Dessinatrice de mode, styliste, veuve, sans garantie d'avenir. Je ne suis rien. Vous pensez souvent à l'enfant rwandais ?

— Il est avec moi.

Avouer à cette femme les traces qu'avait laissées en lui le regard de l'enfant noir ? Se confier vraiment ? Les femmes n'aiment que les hommes forts. Une seule maladresse, et il la perdait.

Nora se leva pour faire quelques pas. Il la suivit. Le Chien réfléchissait : fallait-il les rejoindre ?

— Accepteriez-vous d'être la compagne d'un homme surmené ? On partage les soirées et les week-ends. Et les vacances sur une île.

Nora se retourna vers lui :

— J'aimerais essayer. Mais je n'ai plus de réserve de patience ni de tolérance. J'ai rencontré beaucoup de gens qui avaient sans doute des qualités, mais je les voyais médiocres. Vous m'attirez, mais peut-être que vous, vous serez déçu. Je ne suis pas toujours agréable à vivre. Quand je prépare une collection, je vis pour ma collection.

Elle ajouta :

— Je ferai des efforts. Et il faudrait que le Chien et le Chat s'acceptent. Sinon pas d'harmonie possible.

— Je n'ai jamais connu une atmosphère vraiment harmonieuse, dit-il. Si c'était vous, l'harmonie ?

Elle pensa que ce devait être ça, l'ivresse des profondeurs. On ne sent plus son corps, on perd le sens de l'orientation. On est léger.

Gérard continua :

— Je crois que nous avons des affinités. Reste le problème du lit. Si votre peau refusait la mienne ?

— Nos corps n'ont qu'à s'accommoder, qu'à se taire. J'ai vécu une longue liaison physiquement intense sans avoir eu la moindre émotion spirituelle. Nos corps ? C'est le mystère. Comblée de sexe, je ne suis en quête que d'affection et de douceur. Mais vous ? Vous rêvez peut-être d'une femme débordant de tempérament et entourée d'une vaste famille ?

— Je n'ai jamais eu de modèle. J'ai été amoureux de mes femmes légitimes. Notre entente fonctionnait sans extase et sans faiblesse. J'ai connu aussi des moments assez étonnants avec des femmes qu'on m'offrait. Des femmes payées.

— Je suis imprévisible, dit-elle. C'est au cours d'un acte physique plutôt fastueux que j'ai décidé de rompre avec mon amant noir. Je ne voulais plus vivre réduite aux sensations physiques.

— Pourquoi précisez-vous : noir ?

— Parce qu'on vous le racontera, en tout cas. Sans nuances.

— Je ne vois pas le problème que pose la couleur.

– Si vous aviez eu une liaison avec une Africaine, vous auriez pu vous sentir parfois très blanc.

Elle fit quelques pas. Le Chien remua et se leva difficilement.

– Il a été jeté d'une voiture et blessé. Ce chien est en vérité une femelle stérile, expliqua Gérard.

Elle s'agenouilla et le serra contre elle.

– On t'a fait mal.

Le Chien subit l'effusion, puis se dégagea. « Pourquoi ne m'aime-t-il pas ? » se demanda Nora. Lorsqu'elle se redressa, Gérard la prit dans ses bras.

– Vous permettez ?

Il l'embrassa. Elle résista un peu, puis elle s'abandonna. A cet instant, elle comprit que l'attirance intellectuelle et la tendresse allaient transformer le futur acte physique en quelque chose de précieux. Ce ne serait plus le sport, mais l'infini.

*

Nora avait emménagé avec deux valises et le chat dans l'appartement de fonction de Gérard. Une pièce lui était réservée pour son atelier. Une table à dessin, un chevalet et différents supports pour les échantillons de tissus. Le Chat, d'abord contrarié par le changement, s'apaisa lorsqu'il comprit que, malgré ses disparitions en début de soirée, Nora retournait dans son lit dans sa chambre à elle; installé aux pieds de sa maîtresse, il reprit sa place. Une nuit, Nora s'endormit auprès de Gérard qui la retrouva le matin avec une tendresse étonnée. Enfin, une femme auprès de qui il se réveillait avec plaisir. Cette nuit-là, pour se venger, le Chat avait sciemment écorché, bandeau par bandeau, le papier peint chez Nora. Il ne restait que des franges lamentables. Le Chien, lui, semblait résigné. Il dormait dans l'entrée près du radiateur et ne s'animait qu'au retour de Gérard. Une employée de maison portugaise le descendait plusieurs fois dans la journée. Nora avait appris l'histoire détaillée du Chien, elle avait rencontré Mme ex-Farge et son mari — leur bonheur débordant faisait partie d'un certain folklore social. Yvonne, heureuse, cherchait une femelle pour son chien retrouvé, car elle n'abandonnait pas son projet d'élevage.

Nora commença la conquête du Chien. Elle le prenait dans sa voiture et l'emmenait au bois de Boulogne. Le Chien marchait doucement, en regardant souvent derrière lui, visiblement inquiet. Il était content de retrouver la voiture.

L'affaire des kidnappings de chiens avait trouvé son épilogue. Le gang, découvert non loin de la frontière belge, avait avoué qu'ils prévoyaient de débarquer en Angleterre — *via*

Knokke-le-Zoute – des chiens de race pour les vendre aussitôt, sans se soumettre aux semaines de quarantaine. Les acheteurs clandestins payaient des fortunes pour des bêtes rares, vendues avec de faux papiers.

Les voleurs n'avaient pas reconnu le rapt de Princesse. Les enquêteurs conclurent qu'elle avait dû être tuée, sinon volontairement « perdue », jetée comme ses chiots, probablement parce que la bande sentait approcher la fin de son association criminelle.

*

Un samedi, le chien argenté et le chat noir se rencontrèrent dans le couloir qui desservait les chambres à coucher. Le Chat, dos bombé, queue dressée, hostile, soufflait. Le Chien s'assit. Nora les surveillait, puis vint près d'eux, s'assit elle aussi sur la moquette et s'adressa au Chien :

– Tu es le chien de l'homme que j'aime.

Elle se tourna vers le Chat :

– Tu es le chat d'une femme qui pourrait être enfin heureuse. Tu es jaloux, Chat.

Elle essaya de les caresser en même temps, mais le Chat s'était aplati et le Chien fit marche arrière.

– Il faut que vous vous acceptiez, dit Nora. S'il vous plaît. Nous ne méritons pas votre mauvaise humeur. On n'a pas d'enfants avec lesquels se disputer. On n'a pas d'ennemis. On a acquis une sorte de sérénité. Alors dominez-vous, je vous prie!

Elle passait des nuits douces dans les bras de Gérard. Ils restaient parfois couchés côte à côte, en se tenant par la main, dans un sentiment de bien-être, de sécurité. Ils ne jouaient plus un rôle, ils ne mentaient pas, ils étaient nés pour vivre ensemble. Le Chat s'acharnait sur les murs ou sur les pieds des chaises, il méprisait le grattoir, ses griffes ne supportaient que le mobilier Louis-XVI. Le Chien faisait semblant d'ignorer la gamelle remplie par Nora. « Je n'ai jamais eu de chance avec les chiens, constata-t-elle. Le seul qui m'ait aimée est mort et les autres m'ignorent. »

*

Depuis qu'ils vivaient ensemble, Paris les guettait. Combien de temps va durer cette liaison? Lui avait déjà eu deux mariages, elle consommait et virait les hommes. « Elle est restée inconsolable pour expérimenter les amateurs de consolation », suggéra une femme aigrie qui tentait de regrimper sur l'Himalaya du tout-Paris. Mais une mauvaise langue seule ne suffit pas pour réussir. A Paris, même les vipères doivent avoir du talent.

La dernière collection de Nora connut un succès remarquable, le Japon la réclamait, une fois de plus. Gérard, nommé aux États-Unis, devrait bientôt s'installer à New York. Alors, d'un commun accord et forcés par la carrière de Gérard, ils s'étaient mariés. Question de passeport aussi, et de confort moral lors des séjours aux USA et au Japon.

Ils avaient choisi pour la cérémonie civile Villerville, l'endroit de leur première excursion. Gérard avait trouvé sur place un témoin, un employé de la commune. Nora avait demandé la présence du dessinateur de mode qu'elle avait retrouvé à la réception chez Gérard.

— Quelle horreur de se lever si tôt, dit l'ami en arrivant à la mairie. Mais pour toi... je l'ai fait. A charge de revanche. Au Danemark, les homosexuels peuvent se marier. Je pense sérieusement épouser David. Tu seras mon témoin, si tu veux. Peut-être à Copenhague.

Nora acquiesça :

— Compte sur moi! Si on cassait tous les tabous, il n'y aurait peut-être plus de guerres. Guerres des religions, guerres de l'hypocrisie, guerres de mensonges...

L'autre sourit.

— Tu t'emballes, mon chou. Tu agites tous tes symboles. Calme-toi, Nora. Les grandes idées sont à ranger dans de petits tiroirs. Ce n'est plus l'époque des sauvetages. Nous voudrions nous marier en espérant que l'Europe unie aidera à démocratiser nos liens. On voudrait la Sécu pour tous les deux. Nous ne sommes pas des symboles, seulement des gens qui souhaitent qu'on leur fiche la paix.

*

Quand ils revenaient en France, Nora et Gérard habitaient au Vésinet où le Chat et le Chien les attendaient. Gérard avait engagé un jeune couple, jadis sans domicile fixe, qu'il avait découvert un beau matin, caché dans le garage où ils dormaient. L'homme, jeune technicien, et sa femme qui possédait plusieurs diplômes inutiles s'étaient révélés dévoués et efficaces. Ils soignaient le jardin avec une conscience rare.

Nora occupait maintenant un beau bureau dans l'immeuble de l'avenue Montaigne. Le patron faisait tout pour lui plaire et la garder.

Un jour la secrétaire lui annonça :

— Madame, un monsieur qui dit vous connaître vient d'arriver. Je l'ai conduit dans la salle d'attente.

— Comment s'appelle-t-il ?

La secrétaire haussa les épaules.

— Il est noir.

— Ce n'est pas un nom.

— Il ne l'a pas dit.

— Faites-le entrer.

— Bonjour, dit l'ex-amant en passant la porte du bureau. Est-ce que je te dérange ?

Il s'approcha de Nora et esquissa une accolade. Elle s'esquiva. Il avait sur le bras son imperméable soigneusement plié et tenait un parapluie court.

– Non, dit-elle. Non. Tu ne me déranges pas. Mais dépose donc ton imperméable et ton parapluie.

Il expliqua :

– La météo a annoncé des averses pour aujourd'hui. Mais elle se trompe parfois.

– Comment vas-tu ? demanda-t-elle, indifférente.

– Bien, dit-il. Un peu fatigué. J'ai trop de travail, mais par les temps qui courent, il faut tout faire sans se plaindre. Tu es heureuse ?

– Parfaitement.

Il l'interrogea prudemment :

– Tu n'étais pas contente de moi ?

– C'est le passé, toi et moi.

Il répliqua, à sa manière à la fois agressive et timide :

– On aurait pu, nous aussi, se marier ensemble.

– Non, dit-elle.

Elle le regarda enfin de face. Elle s'attendait à des réminiscences physiques. Rien.

– Pourquoi n'aurais-tu pas voulu m'épouser ?

– Je ne sais plus, dit-elle. Je sais juste que c'est non.

Il répondit sévèrement à sa place :

– Parce que je suis noir.

– Mais non, s'exclama-t-elle. Mais non. Tu n'as jamais compris ce que je cherchais vraiment.

– J'ai fait de mon mieux.

– Bref, tu m'aurais épousée pour plaire à ton confesseur.

– Pas seulement, dit-il.

Elle se sentait désarmée, alors que son absence totale de préjugés raciaux lui aurait accordé la liberté d'exploser : « Je ne t'aurais jamais épousé parce que tu n'avais pas le niveau intellectuel qu'il me fallait. Je m'ennuyais à crever pendant nos repas quand j'écoutais tes bêtises. Parfois, tu étais stupide. » Elle aurait pu parler ainsi à un géologue blanc. Mais si elle traitait un Noir de « stupide », elle tombait dans l'injure raciste. Si on lui lançait, à elle : « Vous, les juifs, vous vous débrouillez toujours », ne jugerait-elle pas ces paroles antisémites ?

Il n'y avait aucune solution. Pour s'injurier, il faut appartenir à la race des seigneurs, des Dupont, des Durand, des Martin, et être blanc. Tout blanc. Si en plus on a des cheveux blonds et des yeux clairs, alors on a toute sa chance d'être traité de con ou de garce.

L'amant noir se leva, désorienté par le silence de Nora. Sitôt parti, il devint ombre noire.

Un an plus tard, il publia une étude sur les diverses formes de la colonisation mentale, étude qui eut un succès d'estime. Les hommes passés dans la vie de Nora s'effaçaient. Certains, dont l'insolence dépassait les normes admises de la médisance, certains qui ne la connaissaient même pas personnellement, se vantaient de l'avoir eue comme maîtresse. Les femmes réagissaient souvent en regrettant de voir un homme comme Gérard appartenir à une autre.

De New York, Gérard téléphonait souvent aux gardiens, qui le rassuraient. La dernière collection de Nora était l'événement de la saison à New York. Ses variations de coton noir, et de blanc aussi, lui avaient valu un prix d'élégance. Debout sur le podium, elle remercia ceux qui lui avaient accordé cette distinction. Une conférence de presse suivit la cérémonie.

— Mme Abram, vous inspirez-vous souvent de l'art africain ?

— En effet. L'Afrique est une terre de renaissance. L'Afrique traverse des épreuves atroces, mais elle ne mourra jamais.

— D'où votre passion pour le noir ?

— Le noir est une belle couleur. Qui a oublié, dit-elle en souriant, le slogan des sixties : « Black is beautiful » ?

La journaliste lui rendit son sourire.

*

De retour des USA où ils avaient séjourné huit mois de suite, lorsqu'ils franchirent le seuil du portail du jardin, le pied de Gérard heurta quelque chose. Une boule. Une boule poilue. Il s'arrêta et se pencha.

— Nora, au secours! J'ai une vision. Ou bien je subis les effets du décalage horaire.

Nora resta pétrifiée.

— Gérard, c'est un chiot.

L'animal était étrange. Multicolore, il avait un museau un peu large, la tête presque difforme comme celle d'un bébé morse. Un petit monstre fascinant et aimable sorti de l'imagination d'un dessinateur de Walt Disney.

La femme du gardien interrogée avoua qu'un jour, le Chien s'était enfui. Ils ne l'avaient retrouvé qu'au bout de deux jours de recherche. On avait beau l'appeler le Chien, c'était une femelle. Elle avait accouché, deux mois plus tôt, de quatre chiots, nés de père inconnu. Nora et Gérard en restaient abasourdis. Quatre chiots, leur mère et un chat. Une ménagerie.

Une tendresse folle s'empara de Nora, qui prit dans ses bras le chiot trouvé au seuil du portail. D'émotion, il lâcha sur la poitrine de Nora un pipi tout chaud.

Les bagages à peine déposés, ils entreprirent de faire la connaissance des autres nouveau-nés, tous argenté et noir. Ici et là apparaissaient sur leurs museaux et près des oreilles des taches gris clair. Le docteur Borda les avait déjà examinés. Ils étaient vivaces et en parfaite santé. Avec des petits cris, Yvonne déplorait que la race pure ait été offensée par un bâtard. Le Chat, plus indépendant que jamais, avait été aperçu en compagnie d'une chatte tigrée. La maison était pleine de vie et le jardin plein de roses. C'est peut-être pourquoi Nora déclara trois jours plus tard :

— Les signes ne trompent pas. Il est temps de créer une famille. Gérard, avec tes relations, avec l'aide du pétrole, on pourrait peut-être enfin adopter un enfant. Un petit Africain.

*

Au bout d'un an de combat administratif et grâce aux relations puissantes de Gérard, à sa connaissance des lieux et des habitudes africaines, ils réussirent à adopter légalement deux enfants rwandais, surgis d'un monde ravagé. Après une attente d'un an, et avec l'aide d'assistantes sociales, on admit le fait qu'ils n'avaient plus de famille. Leurs parents avaient été massacrés devant eux. Les documents furent établis en France. Ils s'appelèrent dorénavant Adam et Sarah Martin.

*

La période d'adaptation fut pénible à cause du silence des enfants. Adam et Sarah observaient leurs parents blancs, calmes et indifférents. Pas un mot. Le psychologue consulté expliqua que cette attitude était la conséquence des chocs qu'ils avaient subis.

Le samedi et le dimanche, Nora organisait les repas familiaux. Assise en bout de table, elle présidait – ils se moquaient souvent avec son mari de cette expression ; les enfants, placés à sa droite et à sa gauche, regardaient leurs assiettes et s'efforçaient d'utiliser convenablement fourchettes et couteaux avec une bonne volonté angoissante. Les chiens ne les intéressaient guère. Yvonne, ayant accepté la notion de mélange des races, avait adopté deux chiots. Il en restait un pour Adam, l'autre pour Sarah, plus la mère. Mais les enfants ne jouaient pas avec eux. Ils allaient à l'école, ils semblaient indifférents.

Au bout de plusieurs mois de silence, ils commencèrent à prononcer quelques monosyllabes. Un médecin psychiatre spécialisé dans les problèmes d'enfants traumatisés les encourageait. Deux de ses collègues qui avaient vécu les massacres au Rwanda comme un parcours de patience, d'abnégation et de don de soi pour pénétrer l'abcès profond des horreurs que chaque enfant mûrissait en lui, avaient donné leur avis : l'abcès ne pouvait se vider que par la parole. « Il faut les aimer, répétaient-ils, il faut les aimer... Ce monde est étranger pour eux. Ils n'ont pas de points de repère ni de référence. Ils sont mal dans un monde incolore. Les chiens peuvent les aider, mais, nés en Afrique et ayant souffert de la misère, ils sont moins sensibles à une présence animale que des petits Européens. »

Nora se libérait de son travail dès le jeudi à dix-huit heures pour passer avec les enfants trois jours complets. Mais ces tentatives de distractions familiales n'aboutissaient à rien. Peut-être ces enfants ne parleraient-ils plus jamais. Imprégnés d'images ensanglantées, ils ne s'adapteraient pas à une vie normale. Gérard et Nora avaient déployé un effort énorme pour que les deux enfants prononcent, ne fût-ce qu'une fois, Ger et Nor. Pas plus. Juste Ger et Nor. Adam et Sarah se limitaient à quelques signes qui correspondaient à des mercis. Lever la tête, poser sur les parents blancs leur regard surgi des ténèbres était une épreuve, trop difficile.

Sept mois passèrent. Un samedi après-midi paisible, Gérard venait de terminer l'installation d'une balançoire lorsque la sonnette du portail retentit.

— Entrez, cria Gérard. C'est ouvert.

Il entendit le grincement lointain, et des pas sur le chemin couvert de gravillons. Nora alla à la rencontre du visiteur, puis elle s'immobilisa.

— Qu'est-ce que tu fais là ?

C'était l'ex-amant noir. Il avait changé. Grossi, peut-être ? Dans ses cheveux noirs apparaissaient des fils blancs, cicatrices du temps qu'il ne souhaitait pas cacher avec une teinture. Comme d'habitude, son attitude mêlait défense et timidité agressive. Mais aujourd'hui son regard reflétait quelque chose de plus. Curiosité ? Émotion ? L'impression d'une émotion ?

– J'ai appris que vous avez adopté deux enfants du Rwanda, dit-il. On en parle dans la communauté !

Il allait toujours à l'essentiel, sans le moindre ménagement, jamais embarrassé des minauderies occidentales.

– En effet, dit Nora.

– Je suis venu voir si je pouvais être utile.

– Utile à quoi ? dit-elle, sur ses gardes. Tout est fait. On n'a pas besoin de toi. Tu n'étais jamais là quand j'avais un chagrin, quand j'étais en manque d'affection, non, tu n'étais jamais là. Qu'est-ce que tu veux faire dans cette maison ?

– Pour les enfants, dit-il. Je suis venu pour les enfants.

Il ajouta :

– Tu as parlé de moi à ton mari ?

– Évidemment. Je vis sans secrets. Il sait tout de toi, il sait tout de nous, il sait tout de mon passé existant et inexistant. Merci pour ta visite, mais tu peux partir. Il est trop facile de venir au secours des Africains de Paris.

Sarah et Adam venaient d'apparaître. Adam portait un pantalon et une chemise en jean délavé ; Sarah était vêtue d'un pantalon rouge et d'un chemisier de même couleur. Les enfants, les yeux écarquillés, paraissaient hypnotisés par l'ex-amant noir. Nora à son corps défendant dut reconnaître que Adam et Sarah manifestaient une réelle émotion devant le monsieur noir comme eux. Quelqu'un du monde noir. Quelqu'un, une présence, une couleur, une absence de couleur, un continent. Le leur.

L'ex-amant noir tendit la main.

– Je m'appelle Azard, dit-il.

Pendant leur longue liaison, elle n'avait que rarement prononcé le nom de son amant. Elle était comme gênée par ce clin d'œil du destin, cette farce, ce symbole trop grossier. Azard ? Lui manquait-il un h ?

Azard se pencha vers les enfants :

– Je suis content de vous connaître.

Ils saisirent le bras de l'homme.

– Que cherches-tu ? demanda Nora, des larmes de jalousie dans les yeux. Que cherches-tu ?

Azard prit les enfants par la main.

– Est-ce que je peux faire un tour avec eux ?

Gérard s'était approché. La rencontre des deux hommes n'était pas un moment agréable, mais l'entente entre Nora et Gérard était telle, et la vérité qui s'était installée entre eux si limpide, qu'il n'y avait pas besoin d'explications. Nora bafouilla :

279

– Je te présente..., je te présente...

– Bonjour, monsieur, dit Gérard. Je suis ravi de vous connaître.

Il avait adopté un ton commercial, le ton mondain des Français habitués aux caprices de l'Histoire. Des Français qui savent utiliser leurs gestes et leur culture d'une manière telle que les phrases enjambent les précipices les plus profonds et atténuent les chocs. « Quel art, pensa Nora. Il est face à l'homme qui m'a épuisée de plaisir – et d'ennui aussi –, et il est ravi de le connaître ! »

– Je t'aime, dit-elle en s'adressant à Gérard. Pour énumérer les raisons de ce « je t'aime », il faudrait écrire un livre.

– En plus, tu veux écrire ? demanda l'ex-amant.

– Non, dit-elle. Je dessine.

– Ah bon, dit Azard. Avec toi, on ne sait jamais.

Cette fois encore, la plaisanterie au deuxième degré lui avait échappé :

– Venez prendre un verre, proposa Gérard.

Il ressentait au fond de lui l'hostilité de sa femme, il comprenait la jalousie que lui causait l'entente immédiate de son ex-amant avec les enfants. Il mesurait le bonheur manifesté par les orphelins auprès de cet homme issu de leur continent.

– Je préférerais faire un tour avec eux, répéta l'ex-amant noir en baissant les paupières.

Nora bondit :

– Ah! J'ai compris! C'est samedi, il est cinq heures. Tu veux les amener à la messe! Tu veux empoisonner ma vie. Tu veux peut-être introduire dans leur esprit la notion de péché. Tu veux...

Gérard l'interrompit en l'attirant à part. Puis il se tourna vers l'ex-amant :

– Vous permettez, monsieur ?

L'ex-amant guettait les gestes du Blanc. Saurait-il, lui, apprivoiser la Blanche ?

– Ne t'emballe pas, murmura Gérard à Nora.

Le ton était presque sévère.

– Ce n'est pas digne de toi, de te mettre en colère! Les enfants pourraient croire que tu repousses ce monsieur parce qu'il est noir.

Il ajouta très rapidement à l'oreille de sa femme :

– Laisse-les partir ensemble. Il est peut-être capable de les aider. Une messe n'a jamais fait de mal à personne. Tu oublies Henri IV ? L'espoir d'une guérison vaut bien une messe.

L'ex-amant, Sarah et Adam, immobiles, en attente, étaient devenus l'Afrique. Un homme noir avec deux enfants noirs attendaient la décision des Blancs. Nora était au bord des larmes.

– Qu'ils fassent ce qu'ils veulent! Je ne supporte pas l'idée que nous les commandions. Je ne veux pas qu'ils dépendent de nous, des Blancs. Je ne veux pas le pouvoir sur eux. D'ailleurs, je ne veux aucun pouvoir.

281

– Tu ne peux pas lutter contre l'évidence, dit Gérard. Nous ne sommes pas noirs. Et eux ne sont pas blancs. Laisse-les partir... Supposons qu'au-delà du confort, des beaux vêtements, de notre pauvre amour si peu efficace, supposons qu'ils aient besoin de Dieu aussi ?

– Dieu les a plutôt laissés tomber au Rwanda.

– Non, dit Gérard. Puisqu'ils sont là. Eux.

– Oui, eux sont vivants, mais les autres...

– Tu n'as pas le privilège de juger.

Nora s'insurgea.

– Je ne juge pas, mais je ne peux pas céder sur tout non plus. D'abord la différence de couleur, tu veux que j'accepte cette différence. Ensuite Dieu. On entre dans un engrenage archaïque. On va devenir d'affreux rétrogrades. Pourquoi ne pas recréer les colonies, aussi ?

Azard s'approcha.

– Ne t'inquiète pas, dit-il posément. Je les invite une fois, une seule. Un évêque noir est de passage en France et il célèbre la messe dans le secteur où j'habite. La communauté noire sera tout entière à l'église. Les enfants pourraient se sentir rassurés au milieu des leurs.

Gérard se tourna vers les enfants.

– Voulez-vous aller à l'église avec le monsieur ?

Les enfants ne le quittaient pas des yeux.

– Ils ne savent même pas ce qu'est une église, Gérard, dit Nora.

— Il y a quelque part une église en eux, dit Gérard. Ça vient de loin.. Tu ne peux pas lutter contre l'une des plus puissantes vagues qui ont déferlé sur le monde. A Goma, on disait des messes. Et aujourd'hui, c'est au cours des messes qu'on les réconforte.

— Et qu'on les intoxique.

— Nora, interrompit Gérard. Tu veux me laisser faire ?

Il se tourna vers l'ex-amant noir.

— Si on les accompagnait ? Vous avez une voiture, monsieur ?

— Oui, dit Azard. Une Golf d'occasion.

Nora intervint :

— C'est nous qui conduirons les enfants.

Gérard poussa un soupir.

— Nous allons vous suivre, monsieur. Avec les enfants. Vous connaissez Nora...

Elle resta stupéfaite. Noir et Blanc, ils étaient soudain solidaires. Les hommes entre eux, contre elle. « Et Gérard... Il n'est même pas jaloux. Je le hais s'il n'est même pas jaloux. »

Gérard sortit la voiture du garage, installa les enfants sur la banquette arrière. Ceux-ci, apparemment détachés des événements, regardaient par les vitres.

Ils traversèrent leur banlieue chic et entrèrent dans une zone un peu moins élégante, un peu plus populaire, habitée surtout par des immigrés de toutes les couleurs, par des populations riches en passé, en émotions, en instincts de vie. Il y avait parmi eux les clandestins et les réguliers, les malades et les sains, les moins pauvres et les plus pauvres. La foule qui se pressait autour de l'église évoquait une cour des miracles du XXᵉ siècle. Il y avait quelque chose d'émouvant dans cette vague humaine qui déferlait pour honorer un représentant officiel de Dieu, un homme de couleur proche des pouvoirs célestes.

Nora se cramponna au bras de Gérard.

– Je ne voudrais pas mêler nos enfants à ces rituels. Pourquoi faut-il faire ça ? On va ressembler à tout le monde. Je vais devoir subir tout ce que j'ai fui. On va devenir vieux, conventionnels, snobs.

– Non. Nous luttons depuis des mois sans l'ombre d'un résultat. Il faut tout essayer.

– Mais qu'espères-tu ? s'exclama-t-elle.

– Je ne sais pas, avoua Gérard.

Ils étaient entrés dans l'église et, serrés dans la foule, ils avançaient péniblement. Il fallait s'approcher de l'autel pour que les enfants voient bien l'évêque et la cérémonie. Azard, imperturbable, traversait la masse humaine. Il menait les enfants, rien ne lui résistait. Ils se retrouvèrent tous les cinq au deuxième rang. Deux prêtres blancs assistaient l'évêque noir.

Gérard observait les enfants. Nora était maussade.

Bientôt, les alléluias retentirent, chantés par la foule entière.

– Regarde !

D'une pression de sa main sur le bras de Nora, Gérard orienta celle-ci vers Sarah. Sur les lèvres sèches de la fillette, naissait le mot « a-llé-luia »... « alléluia ». Elle essayait d'articuler. Adam l'imitait. Les deux enfants, émus, s'accrochaient aux « alléluias » des adultes.

Devant la foule maintenant à genoux, l'évêque soudain parut grandir : c'était lui, le continent africain que la maladie, le destin, les escrocs et les chercheurs d'or et d'occasions voulaient écraser ; il était là, l'évêque noir, les bras tendus vers les fidèles. Et les enfants répétaient d'une voix d'oiseau : « Alléluia, alléluia ! »

Dans une dernière tentative de révolte, Nora murmura à l'oreille de Gérard :

– Alléluia vient d'une formule hébraïque, les catholiques l'ont reprise. Ça veut dire : « Louez Yahvé. »

Gérard hocha la tête.

– C'est comme ça que naissent les guerres de religion. Ne cherchons pas plus loin. Ils chantent, les enfants, donc un jour ils vont parler.

*

Ce soir-là, au dîner, Adam et Sarah prononcèrent leurs premiers mots.

Plus tard, en tête à tête, Gérard et Nora commentèrent les événements.

285

– Nous sommes blancs, dit Nora, complètement à l'extérieur de leur vie.

– Mais non, répliqua Gérard, c'est beaucoup
moins grave. Ils ont juste découvert qu'ils ne
sont pas prisonniers d'une île blanche, mais qu'il
y a ici aussi des gens de leur continent. Ils se sont
sentis moins seuls et donc ils ont osé s'exprimer.
On en a bien besoin, de ton ex-ami. Laisse-le
aider les enfants à s'épanouir. Ils ne viendront
que plus volontiers vers nous. Ils comprendront
qu'on ne les a pas colonisés blancs, qu'on les
aime noirs.

*

Ainsi se forma un étrange cercle de famille.
Azard venait jouer avec les enfants le dimanche.
Il se tenait derrière la balançoire pour leur donner l'élan et souvent les recevait en pleine poitrine. Il était costaud, il n'avait pas peur des
coups, c'était un rocher plus solide que jamais.
Nora l'avait accepté comme un trait d'union
entre deux mondes. De leurs années de liaison, il
ne restait que ce trait d'union. « Parfois, il ne
reste rien du tout », remarqua Gérard.

*

Peu à peu, Sarah et Adam acceptèrent de parler. A l'école, ils s'apprivoisaient et commen-

çaient à s'écarter des murs où jusqu'ici ils restaient littéralement plaqués au dernier rang. Ils
osaient maintenant se mêler aux écoliers pendant la récréation.

Un jour comme un autre, la secrétaire de
Nora lui annonça un appel :
— Une certaine Mme Dubois cherche à vous
joindre. C'est personnel. Je peux vous la passer ?
— Je ne sais pas qui est cette dame. Une
représentante ?
— Elle parle d'une affaire personnelle.
Au bout du fil, une femme au débit rapide.
Elle souhaite un rendez-vous. Oui. C'est au sujet
d'une demande que Nora avait adressée un jour
à l'administration.
— Je ne vois pas du tout l'affaire dont il s'agit.
Venez à mon bureau.
— Je préférerais me rendre à votre domicile,
madame.
Le ton était légèrement péremptoire.
Nora reçut la visiteuse un jeudi après-midi à
dix-huit heures quinze. Elle était petite, vive, les
cheveux bruns, le regard brillant, une Française,
reconnaissable comme telle dans n'importe quel
coin du monde. De celles qui se tirent des pires
difficultés par la facilité de leur parole et leur
aptitude à la lutte. Elle savait qu'elle allait sur-
prendre cette femme élégante, sophistiquée et
célèbre, et pourtant pas antipathique. Au salon,

elle jeta sur la pièce un regard de mouche qui, d'un seul coup, engloba tous les détails.

– Prenez place, madame.

Mme Dubois s'assit et sortit un dossier de sa serviette.

– Mme Abram... Vous êtes mariée, n'est-ce pas ?

– En effet. Pourquoi êtes-vous venue ?

– Je m'explique. Vous vous appelez maintenant Mme Gérard... Martin.

– C'est exact. Je vous écoute.

– Il y a deux ans, deux bébés avaient été jetés au vide-ordures en deux endroits éloignés, à Paris. L'un des nouveau-nés est mort, l'autre, une petite fille, a survécu. Vous avez introduit à l'époque – d'après le dossier, vous étiez profondément indignée, et ça se comprend – une demande d'adoption. L'enquête menée à votre sujet, à l'époque, n'a pas abouti à un résultat favorable : vous n'étiez pas mariée, vous n'aviez pas une totale sécurité d'emploi...

– Je le sais. Je n'étais pas considérée comme apte, ni moralement, ni matériellement, à adopter un enfant jeté à la poubelle.

– Tout cela peut paraître révoltant, dit Mme Dubois, mais c'est ainsi. Nous devons respecter la loi.

– Quel est exactement le but de votre visite ?

– On n'a pas retrouvé la mère naturelle, ni le moindre parent. Vraisemblablement, la personne qui a commis ce geste est entrée dans l'immeuble juste pour se débarrasser de l'enfant. Nous avons scrupuleusement respecté les temps d'attente, nous avons tout fait dans les règles. Nous n'avons retrouvé aucune trace de famille. Si vous le voulez, cet enfant, vous pouvez l'adopter. Vous êtes mariée. Il faut donc l'accord de M. Martin et s'il a des enfants d'un premier mariage, leur accord aussi. Et en tous les cas, il faut l'accord de vos enfants d'origine africaine.

*

L'enfant jeté dans le vide-ordures avait des yeux bleus, une peau de porcelaine, un regard infiniment triste, un corps fragile. Une poupée. Une poupée que le destin avait voulu salement casser. Gérard et Nora l'appelèrent Ève.

La maison et le jardin formaient un îlot, peuplé d'enfants de couleurs différentes, de chiens de toutes les couleurs, d'un chat noir, d'un Blanc et d'une Blanche, qui serait bientôt réconciliée avec son passé. Sur cet îlot débarquait régulièrement l'ex-amant noir pour emmener les enfants à l'église, à la messe de dix-huit heures. Un jour, la petite fille blonde s'adressa à Nora :

– Je voudrais aller avec eux. Je peux?
– Non, dit Nora, incertaine.
– Pourquoi pas? demanda Gérard.

Ils avaient décidé de les accompagner. Et la

petite fille blonde, dans la foule noire, frappait
des mains comme tous les fidèles noirs, et elle
voulut chanter, elle aussi.

*

Des mois plus tard, par un petit matin gris,
Nora quitta le lit. Depuis le temps qu'ils
vivaient ensemble, il fallait chaque jour qu'elle
se dégage des bras de Gérard, qui la tenait
comme un jouet qu'on ne voudrait plus lâcher.
Nora avait éprouvé quelque difficulté à s'habituer à cette étreinte. Elle avait parfois envie de
dormir dans sa chambre, mais elle avait peur de
bouleverser l'harmonie.

Ce matin-là, elle se dégagea très tôt du doux
carcan, se prépara un café et se mit au travail.
C'étaient ses heures, ses heures opaques où
l'imagination est en liberté, où aucune sonnerie
de téléphone ne déchire les images qui viennent
l'effleurer. Elle partit vers son atelier, sa tasse à
la main, la déposa sur un coin de la grande table
à dessin, et jeta un regard presque amoureux sur
ses crayons, ses taille-crayons, ses gommes, ses
outils de travail.

Puis, portée par une soudaine vague de tendresse, elle se dirigea vers les chambres des
enfants ; l'une était celle d'Adam et de Sarah,
l'autre celle de la petite fille blonde, Ève. Même
un prénom peut renaître. Sarah et Adam dor-

290

maient profondément. Surprise, Nora découvrit Ève couchée auprès de sa sœur noire. Dans un besoin de compagnie, de fraternité, elle était venue la rejoindre. Les trois enfants dans la même pièce, dont la fenêtre s'ouvrait sur le jardin, la naissance de l'aube et l'homme qui dormait encore, tout lui semblait irréel. Un frôlement, un petit attouchement presque humide, c'était le nez du Chien. Il y avait une chaise réservée à une poupée; Nora s'assit à côté de la poupée et, se penchant, prit le Chien dans ses bras. C'était le quatrième enfant, le Chien. Il renifla légèrement le cou tiède de sa maîtresse. Il était là au nom de l'autre, tué sur l'autoroute. Il posa sa tête sur l'épaule de Nora. Ce fut soudain le chien de tous les pardons, le chien de la gratitude. Nora regarda par la fenêtre, elle aperçut le Chat au bout du chemin, qui, revenant d'une balade nocturne, marchait d'un pas ouaté sur les gravillons. Il n'était pas pressé, il avait passé une sublime nuit au clair de lune.

*

Il y eut des soirées d'hiver agréables. Par chance, pendant une journée entière, Adam et Sarah purent connaître la neige dans le jardin. C'était un étrange privilège, ce contact froid, ces flocons féeriques. Gérard avait doucement demandé à Nora si, un jour, elle accepterait un arbre de Noël.

– Je ne sais pas, dit-elle.

La première boule étincelante, la première guirlande dorée ou argentée ne la précipiterait-elle pas dans un ancien chagrin ?

Il y eut un premier Noël avec les enfants. Gérard avait décoré la table avec des branches de sapin et quelques bougies rouges.

Un soir du mois de janvier, après le dîner, ils s'étaient tous retrouvés autour de la cheminée. Gérard, enfin entouré d'une famille, était heureux. Nora, soufflet en main, jouait avec les flammes. Selon les mouvements de l'air qui attisait la braise, les flammes montaient, virevoltaient, se balançaient. La belle atmosphère. Gérard, pris d'une envie irrésistible d'accomplir son rôle de père de famille, s'adressa aux enfants.

– Sarah, qu'est-ce que tu veux faire quand tu seras grande ?

– Infirmière, dit-elle. Je veux être infirmière.

Nora lui jeta un coup d'œil. La réponse était aimable. Une gentille fille, Sarah, qui saurait aimer ses proches.

Gérard continua :

– Et toi, Adam ?

– Moi, je serai évêque.

Nora laissa tomber le tisonnier. Gérard hocha la tête.

– Tu es nerveuse ?

– Devine ! s'exclama Nora.

Gérard se trouva vers Ève.

– Et ma petite fille blonde ? Qu'est-ce qu'elle veut être quand elle sera grande ?

Ève répondit comme si elle avait mûri son idée depuis toujours :

– Je veux être l'ange gardien de tous les enfants qu'on jette.

Il y eut un grand silence. Adam et Sarah connaissaient l'histoire d'Ève. Dès le début, il avait fallu en parler. Sinon, Ève aurait été empoisonnée dès qu'elle aurait commencé à chercher ses origines. Il fallait faire passer l'horreur, banaliser le geste meurtrier qu'on tenta de déguiser en un geste de désespoir. Adam et Sarah avaient vu leurs parents massacrés à la machette, et ils savaient maintenant que dans ce beau monde tout blanc, on pouvait même jeter des enfants à la poubelle. A chaque continent ses crimes.

Nora eût aimé protester : « Mais tout cela n'est pas normal. Sarah sera donc toujours au service de la douleur ? Baignée dans la souffrance ? Pourquoi pas médecin, chercheur, biologiste ? » Elle regarda Adam. « Et lui, pourquoi diable ne veut-il pas être conducteur de TGV, astronaute, ou explorateur ? »

– Tu veux être évêque ? répéta-t-elle.

– Oui, dit le petit garçon, parce que les gens qui voient l'évêque noir vont penser que Dieu est noir aussi.

Que répondre ? Le regard de Nora se posa sur Ève. Elle aurait été une parfaite ballerine, un petit rat de l'Opéra. Fragile et blonde, elle aurait traversé la grande scène, silhouette légère sur fond de musique classique.

— Ange gardien ? Tu as dit : ange gardien ?

— Oui, fit Ève. Oui.

Gérard, craignant les commentaires de Nora, se mit à les inonder de paroles.

— Comme ils ont raison, ces enfants! On a toujours besoin d'une infirmière. Qu'est-ce que les médecins feraient sans leurs infirmières ? Et un évêque, c'est important. Il porte la bonne parole. Les gens sont si sauvages qu'ils ont besoin de bonnes paroles. Ange gardien, c'est une idée superbe, dans le monde où nous vivons.

Nora l'interrompit :

— Qu'est-ce qui se passe dans le monde où nous vivons, Gérard ?

Il répondit :

— Ève aura la sécurité de l'emploi. Elle, elle ne sera jamais chômeuse, parce que tout le monde a besoin d'un ange gardien. Nous avons tous besoin d'un ange gardien, répéta-t-il.

Le Chien qui les écoutait poussa un soupir. Il venait de se réconcilier avec les humains.

Cet ouvrage a été composé et réalisé par la
SOCIÉTÉ NOUVELLE FIRMIN-DIDOT (Mesnil-sur-l'Estrée)
pour le compte de LA LIBRAIRIE PLON
76, rue Bonaparte, 75006 Paris

Achevé d'imprimer en mars 1995

Imprimé en France
Dépôt légal : mars 1995
N° d'édition : 136851 – N° d'impression : 29664